09/2016

€3,-

D1722222

L'INGÉNIEUR DU SILENCE

DU MÊME AUTEUR

ROMANS

Ma nuit avec Miss Monde, 1981, Stock.
Ordo, 1983, Stock.
Le Dernier Misogyne, 1984, Stock.
Jeune homme assis dans la neige, 1985, Barrault-Flammarion.
Le Salon, 1986, Barrault-Flammarion.
Cher Patrick, 1987, Barrault-Flammarion.
Le Compositeur, 1992, Flammarion.
La nuit sera chienne, 1993, Zulma. 1995, Pocket.
Le Château de Béla Bartók, 1995, Zulma.
Autopsie d'un biographe, 1995, Zulma.
Le Tueur du cinq du mois, 1997, Gallimard (Série Noire).
TEA, 1997, Zulma.
Ramon, 1998, Zulma.
Tigresses, 1999, Zulma.

RÉCITS ET NOUVELLES

Notre peur de chaque jour, 1980, Christian Bourgois.
La Prise de Genève, 1980, Bueb et Reumaux. 2000, Zulma
    (Grain d'orage).
Le Défunt libertin, 1989, Barrault-Flammarion.
"My name is Albert Ayler" in *Les treize morts d'Albert Ayler,*
    1996, Gallimard (Série Noire).
"Le fossoyeur de Villefranche" in *Villefranche Ville Noire,* 1997,
    Zulma.

MAX GENÈVE

L'INGÉNIEUR DU SILENCE

Roman

ZULMA

À la mémoire de Zulma
vierge-folle hors barrière
et d'un louis
(Tristan Corbière)

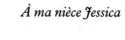
À ma nièce Jessica

« Où pourrais-je me fuir, si je n'avais les jours aimés de la jeunesse ?

Comme un esprit qui ne trouve point le repos en l'Achéron, je reviens aux régions abandonnées de ma vie. Tout vieillit et rajeunit. Pourquoi sommes-nous exclus du beau cycle naturel ? Ou vaudrait-il aussi pour nous ?

Je le croirais, n'était cet irrésistible désir d'être tout qui gronde aux profondeurs de notre âme comme le Titan sous l'Etna. »

HÖLDERLIN, *Hypérion*

PREMIÈRE PARTIE

LA SORCIÈRE
DE BAR-LE-DUC

1

Moi qui ai toujours préféré le silence, le hasard a voulu que je devienne ingénieur du son. Trente ans de bons et loyaux services dans la maison ronde, jusqu'à ce fameux jour où vingt mille volts, que je n'avais pas invités à me visiter les gencives, m'ont étendu raide. Après l'accident et de longs mois dans le noir, on m'a gentiment débranché – silence radio sur toute la ligne – et confortablement pensionné. Je n'ai pas le droit de me plaindre, je ne suis pas mort, et même plutôt en forme, aux dires de ma belle-sœur.

Mathilde est un peu la conscience morale de la famille.

Nous longions le lac, dans un bois de Boulogne presque désert, elle m'a frôlé l'épaule.

– Toi, mon vieux, tu as pris un sacré coup de jeune !

Le jour de mes cinquante-cinq ans tombait un mercredi. Anne, ma femme, travaille dans un groupe d'assurances. Elle a demandé et obtenu un congé exceptionnel. Mon frère Éric et sa femme étaient libres, ils sont tous les deux dans l'enseignement. Quant à moi, l'ingénieur émérite, la question ne se posait pas. Nous sommes tous allés déjeuner au Pré Catelan. Quand je dis tous, j'inclus naturellement les enfants, les deux garçons d'Éric et Mathilde, et Ève, quinze ans, notre fille adoptive.

Mathilde m'avait examiné avec attention :

– Non vraiment, je ne plaisante pas. C'est très curieux, je trouve ça presque inquiétant.

Et voyant que j'étais sur le point d'éclater de rire, elle ajouta :

– Il faudra qu'on regarde ta collection de photos en rentrant.

Après la promenade et le tour en barque qu'Éric avait promis aux enfants malgré l'averse qui menaçait (il paya pour une heure, mais Ève et lui ne ramèrent que vingt minutes : dès les premières gouttes, mon frère fit demi-tour et piqua sur le ponton), on se retrouva tous chez nous, rue Taitbout.

La collection évoquée par ma belle-sœur a toujours été un sujet de plaisanterie dans la famille. Il y a bien longtemps, pour mes dix-sept ans, l'oncle Maurice, chanoine à Saint-Jacques-du-Haut-Pas et passionné de photographie, m'avait offert son Hasselblad : ses mains tremblaient pour un rien et, malgré le trépied, il ne pouvait plus l'utiliser. Tu ne trouveras pas mieux pour le portrait, me disait-il ; en te servant du retardateur, tu peux même t'essayer à l'autoportrait ou faire tes photos d'identité. Le saint homme n'imaginait sans doute pas que son appareil servirait aussi à célébrer la plastique impeccable d'Anne jeune femme, parfois à côté de la mienne, ou dessus ou dessous, et de quelques autres créatures dans diverses positions sur lesquelles je ne m'étendrai pas.

Quoi qu'il en soit, je m'assis devant l'objectif le jour même de mon anniversaire, à midi, et fixai mon image dans cette sorte d'éternité factice en noir et blanc qui

semble nous soustraire à jamais aux lois du vieillissement et de la finitude. Je pris l'engagement de recom-
mencer chaque année. Promesse tenue, j'avais donc
développé avant de rejoindre les miens au Pré Catelan le
trente-neuvième numéro de la collection.

Chacun des clichés est tiré dans le même format,
16 x 10, et collé sur un panneau d'un mètre de large.
Trente-neuf René Jouve me contemplaient ce 21 janvier
de l'an 2000. L'écart entre le premier et le dernier était si
parlant que je ne m'étais pas attardé sur d'autres compa-
raisons. Du reste, depuis que j'avais basculé dans
l'horreur quinquagénaire, je les regardais moins, je ne
les voyais plus. On a un peu tendance, me semble-t-il,
à se perdre de vue quand on avance en âge. Difficile bien
sûr d'échapper au miroir de la salle de bains, mais le
cœur n'y est pas et, quand il faut se raser, on réduit
l'inévitable tête à tête à sa plus simple expression.

La chose m'était sortie de l'esprit pendant que j'aidais
Anne à servir le thé, mais Mathilde, qui a de la suite dans
les idées, disparut un long moment dans le bureau, une
loupe à la main, face au panneau. Elle revint au salon,
la mine préoccupée, entraîna son mari qui se leva
pour la suivre en me regardant d'un air navré. La loupe
passa ensuite entre les mains de ma femme et d'Ève.
J'avoue que ce manège commençait sérieusement à
m'agacer. Ils finirent par transporter le panneau au
salon, tout en me jetant de petits regards inquisiteurs,
comme si j'étais devenu une bête curieuse. Je pris les
devants :

– Fichez-moi la paix avec ces photos. Il y a des jours
avec et des jours sans, des jours où on a bien dormi et où
on se réveille frais et dispos, d'autres où on tire une
gueule pas possible...

– Non, dit Mathilde avec calme. Là, c'est autre chose. Le portrait que tu as fait de toi ce matin ressemble trait pour trait à celui de 1990, quand tu as fêté tes quarante-cinq ans. J'ai examiné de près l'implantation des cheveux : c'est indubitable, tu as retrouvé tes cheveux. Alors qu'il y a cinq ans, à cinquante berges, la brusque poussée de ta calvitie avait surpris tout le monde !

– Une poussée de calvitie, voilà qui est amusant, dis-je. Il faudra que je note ça dans mon bêtisier. C'est presque aussi beau que les vieux chevaux de retour qui aboyaient sous Giscard.

Je riais, mais sans conviction. Ma belle-sœur, vexée, se laissa tomber dans un fauteuil et se plongea dans la lecture d'un magazine. Mon frère voulait savoir si j'avais suivi un traitement. Je mentis et répondis par l'affirmative, reconnaissant que j'étais moi-même étonné par les résultats. Anne ouvrit de grands yeux.

– Et tu ne m'as rien dit ? D'habitude, tu es plutôt méfiant sur ce chapitre. Tu affirmais qu'un homme doit assumer sa calvitie sans en faire un drame et que les médecins qui prétendent vous rendre vos cheveux étaient tous des charlatans.

– Eh bien, j'ai changé d'avis, voilà tout, dis-je pour clore la discussion.

Mathilde leva les yeux et m'examina encore, avec ce mélange de curiosité, d'appréhension et de compassion que l'on a face à un grand malade.

– Le problème, c'est qu'il n'y a pas que les cheveux. Mais je préfère me taire. D'ailleurs, les gamins n'ont pas fini leurs devoirs.

Quand je me retrouvai seul avec ma femme et ma fille, celle-ci vint s'asseoir sur mes genoux.

– Moi aussi, papa, je trouve que tu as rajeuni. Mais qu'est-ce qu'ils ont à s'inquiéter comme ça, c'est formidable, non ?

2

Le lendemain matin, je me trouvais seul à la maison. J'avais peu et mal dormi, Mathilde avait insinué le doute dans mon esprit. Anne aussi semblait préoccupée, mais nous n'avons pas remis cela. Inutile de dire que j'ai passé un long moment à comparer les photos de ces dernières années. Entre 1990 et 1995, le vieillissement est patent, mais par la suite, entre 1995 et 2000, le processus s'arrête, semble s'inverser. D'où l'impression qui a tant troublé ma belle-sœur, que c'est exactement le même homme qui se photographie à dix ans d'intervalle.

Comme j'ai conservé les négatifs de toute la série, je me suis enfermé un moment dans le débarras, une pièce sans fenêtre d'à peine cinq mètres carrés qui me sert de chambre noire, pour faire des agrandissements. J'ai détaché du panneau les portraits des années 1990, 1995 et 2000, que j'ai tirés dans un format 64 x 40.

Là, nul besoin de loupe, le constat est accablant. Le dénommé Jouve a vieilli normalement jusqu'à cinquante ans, le contraste avec la photo de mes quarante-cinq ans ne laisse aucun doute : la calvitie a dévoré une bonne partie du sommet du crâne, un double sillon s'est formé à la naissance du nez, ajoutez les plis creusés horizontalement au beau milieu du front, verticalement à partir des ailes du nez, des pattes-d'oie impressionnantes au coin des yeux. Rupture brutale, comme chez tous ceux qui ont conservé tard une tête de jeune homme, et qui finissent par le payer avec des intérêts.

Cinq années passent et tout cela est effacé, le jeune homme tardif refait surface, les cheveux sont revenus en silence peupler le sommet de mon crâne comme après un rêve heureux. Bien sûr, avant que la sagacité de ma belle-sœur ne me débusque, il y a eu d'autres signes que je n'ai pas voulu reconnaître. Au tennis, par exemple.

Le samedi matin, depuis des lustres, je joue avec le docteur Martin, neurologue. Richard, mon cadet de neuf ans, est du genre bagarreur et qui n'aime pas perdre. Moi non plus. Nos parties sont acharnées au point qu'il nous arrive d'avoir des spectateurs, chose rare pour des vétérans. Or, depuis un certain temps, j'ai systématiquement le dessus, comme lors de nos premières rencontres, il y a une quinzaine d'années, quand il débutait. La tendance s'est inversée : pendant longtemps, c'est lui qui l'emportait. Cela le met en rage, je le vois bien. Il ne supporte pas d'être dominé par un ancien : neuf ans, ce n'est pas rien. Récemment, alors que nous retournions au vestiaire, trempés de sueur, il me dit, ses cheveux gris dans tous les sens :

– T'as mangé du lion, ou quoi ?

Je me suis contenté de hausser les épaules, il insiste.

– Je ne comprends pas, il y a quelque chose, René. Tu reprends des cours avec Deblicker ?

– Ça va pas, à mon âge ! Tu me vois refaire du coup droit, revers pendant une demi-heure comme une midinette ?

Je me demande s'il ne me soupçonne pas d'user de produits que la morale sportive condamne. Je l'ai vu il n'y a pas longtemps qui flairait d'un air méfiant et concentré le contenu de ma bouteille d'eau minérale. C'est vrai, j'ai retrouvé mes sensations, je bouge plus et plus vite, souplesse des appuis, frappes sèches et précises, je ne quitte pas le filet, la volée comme un chef et, surtout, je ne sens pas la fatigue, aucun problème de dos. Bref, comparé à mon tennis poussif d'il y a deux ou trois saisons, c'est un vrai chamboulement.

Autre signe, encore plus déconcertant : le sexe. Anne et moi allons bientôt fêter nos vingt-cinq ans de mariage. De l'affection, de l'estime, de petites habitudes de vieux couple : oui, et plus qu'il n'en faut. Mais pour ce qui est de l'amour physique, je dois reconnaître que c'est devenu très calme entre nous. Lassitude banale, je suppose, pour des époux au long cours. Je me suis incliné quand j'ai senti poindre chez elle cette résistance à la fois ferme et douce qui annonce la froideur.

Anne a sept ans de moins que moi et n'a rien perdu de sa beauté. Et voilà que ces derniers temps, alors que ma femme présente tous les signes d'une frigidité précoce, je me découvre des appétits et des langueurs de jeune homme ! Et ce n'est pas que dans la tête. De vigoureuses érections matinales, opiniâtres et lancinantes, m'arrachent au sommeil à l'heure où les hommes de mon âge ronflent comme des bienheureux, quand – pardon d'évoquer ce détail intime – je ne jute pas malgré moi en pleine nuit pour me réveiller le torse trempé.

J'ai failli m'en ouvrir à Richard. Si nous nous étripons sur les courts, nous sommes très amis dans la vie, c'est un as dans son domaine et je sais pouvoir compter sur sa discrétion. Mais j'hésite encore, par peur du ridicule. Je ne me vois pas lui dire, ni à lui ni à aucun de ses confrères :

– Docteur, ça ne va vraiment pas, je rajeunis. Que me conseillez-vous ?

3

Quelqu'un m'a demandé ce que je devenais. L'image du rat dans un labyrinthe s'est imposée à moi. Sauf qu'avec l'âge, les issues devraient se fermer les unes après les autres, l'espace se rétrécir, tourner en impasse. Normalement, le rat est pris au piège, il ne peut pas revenir sur ses pas, plus le moindre interstice où se glisser pour fuir. C'est bien ça, non ? Au bout d'un certain temps, labyrinthe et impasse se transportent dans la tête, les choses se ferment aussi du dedans.

Que deviens-tu ? À qui me pose la question, je ne peux même plus répondre, selon la célèbre injonction de Nietzsche : je deviens ce que je suis, car en vérité je deviens ce que je fus. Tout cela à cause d'un renversement génétique, inconcevable et sans précédent, un coup de folie qui s'est abattu sur un organisme vieillissant pour en inverser la formule.Non, aucun sens.

Oh, j'essaie de comprendre, n'en doutez pas. En tant qu'assuré social, j'ai droit tous les cinq ans à un examen de santé global et gratuit. J'y suis allé à quarante ans, à quarante-cinq, à cinquante, je n'ai aucune raison de me dérober aujourd'hui. Le check-up m'aidera peut-être à expliquer ce qui m'arrive.

L'expérience m'a appris une chose : il faut emporter un bon livre, car la matinée est longue et l'attente pénible entre les divers spécialistes qui se partagent le corps du patient. Dans ma bibliothèque, mon regard s'est arrêté sur la lettre G. G comme Goethe, son Faust. Sûrement pas un hasard. Vieux savant fou qui n'a pas voulu se résigner à mourir sans comprendre, Faust est le seul homme qui ait retrouvé la jeunesse, le seul qui soit allé jusqu'à vendre son âme au diable – au diable qu'il avait en lui ! – pour obtenir quoi ? Mais c'était pour une noble cause : le désir de savoir. J'ai choisi une version abrégée, à cause du poids.

Si nous avions le choix, je me demande si je n'aurais pas opté aussi pour une existence abrégée, – à cause du poids.

J'étais assis là, dans la salle d'attente, après m'être laissé prélever sang, urine et pire (l'idée que l'on m'étudie les selles me gêne, comme de subir une indiscrétion particulièrement déplacée), quand je sentis un regard se fixer sur moi. Je levai les yeux, ce n'était pas Méphisto, mais une femme qui avait dû être jolie et qu'il me semblait reconnaître vaguement sans pouvoir mettre un nom sur son visage. Elle s'approcha avec un sourire timide, me tendit la main et dit :

– Je vois que vous ne vous souvenez pas de moi. Il y a un paquet d'années, nous étions là le même jour, et déjà vous étiez plongé dans un livre. Une histoire du Bauhaus. J'étais intriguée, car c'est un peu ma partie...

– Si, je me rappelle. Nous sommes de la même génération et vous travaillez aux Beaux-Arts, c'est bien ça ? Nous avions pris un verre ensemble après le – comment dire ? – supplice.

Elle approuva d'un hochement de tête en continuant de me fixer avec insistance.

– C'est extraordinaire, dit-elle, comme vous n'avez pas changé. Non, ne dites rien pour moi, j'ai pris mon coup de vieux comme tout le monde. Vous savez, je suis déjà heureuse d'être encore là...

Elle fit un geste du tranchant de la main, à hauteur de la poitrine.

– Mais vous alors, c'est incroyable ! C'est quoi, votre secret ? Le sport, peut-être ?

Une assistante en blouse bleue me faisait signe, me permettant d'échapper à des explications embarrassées. C'était à mon tour de rencontrer le généraliste.

– Même pas, juste un peu de tennis et le vélo en été. Du reste, dis-je en lui serrant chaleureusement la main et en baissant la voix, je ne rajeunis pas, je dévieillis, ma chère. J'ai faussé compagnie au temps, je suis en route vers l'éternité.

Elle me rendit mon sourire, mais je voyais bien qu'elle n'était pas convaincue. Pas de veine, le toubib d'il y a cinq ans, et qui m'avait vu trois fois en quinze ans, sans doute atteint par la limite d'âge, avait été remplacé. Lui succédait une toute jeune doctoresse de la Sécu, une fille épanouie, au teint clair, cheveux roux frisés, grosses lunettes à montures noires.

– Déshabillez-vous, dit-elle en jetant un rapide coup d'œil à sa liste. Enfin vous pouvez rester en slip.

Je devais être son vingtième client de la matinée.

– Vous êtes monsieur Bachelot, né en soixante, c'est ça ?

– Non. Moi, c'est Jouve. René Jouve, né en quarante-cinq.

Elle repoussa ses lunettes, ouvrit mon dossier, leva les yeux sur moi.

– Bigre, dit-elle. Vous avez l'air en forme pour un pensionné à cent pour cent !

Je posai mon pantalon, après en avoir lissé le pli, sur le dossier d'une chaise.

– C'est un reproche ?

– Bien sûr que non, dit-elle en parcourant les premières pages. Je vois que vous avez dégusté. Neuf semaines de coma, sept mois d'hospitalisation, ce n'est pas banal. C'était quoi déjà ?

– C'est marqué. Électrocution. J'étais ingénieur du son à Radio-France. Vous savez, j'abandonnerais volontiers ma pension à cent pour cent pour retrouver l'ambiance des studios et des salles de concert.

Elle rougit.

– Je comprends. Vous pouvez vous allonger, je vais prendre votre tension. Vous ne fumez pas, je crois.

– J'ai arrêté il y a cinq ans, à la suite de l'accident.

– Vous voyez, dit-elle gaiement, il y a un bon côté à tout.

Elle m'écouta respirer, inspecta l'intérieur de ma bouche, je fis ah, elle me palpa les ganglions, me pressa la région hépatique. Je pensai, de façon triviale je l'accorde, qu'elle aussi avait son bon côté, et plutôt derrière elle, il devait être ferme et rebondi. Comme je ne portais pas de slip, mais un caleçon assez lâche, je fus aussitôt puni de cette mauvaise pensée : un dôme malencontreux s'était formé à la naissance de mes jambes. Elle affecta de ne rien voir, visiblement satisfaite de provoquer un tel émoi chez un homme de mon âge.

– Vous pouvez vous rhabiller. Nous vous enverrons les résultats des analyses, mais pour moi, vous avez magnifiquement récupéré de cet accident. Ce ne serait pas marqué noir sur blanc dans votre dossier que vous êtes né en quarante-cinq, je me refuserais à le croire. Vous n'avez pas l'air content qu'on vous dise cela.

– Si, je ne demande qu'à me réjouir de ce diagnostic. Mais j'aimerais tout de même que l'on m'explique comment un homme peut se mettre à rajeunir au sens propre.

Elle se mit à rire.

– Attendez, je n'ai pas dit cela. Il y a des pauses dans le vieillissement, des périodes fastes, chacun en fait l'expérience au moins une fois dans sa vie. Mais cela ne dure qu'un temps. Quand je vous reverrai dans cinq ans, vous serez peut-être devenu un papy tout flapi, qui sait ?

J'hésitais à me confier à elle. Elle me semblait si jeune, si peu expérimentée. Je me lançai.

– Docteur, je crois que dans mon cas, il y a quelque chose de vraiment anormal. Tous ceux qui m'ont connu à cinquante ans sont stupéfaits quand ils me voient aujourd'hui, comme si j'avais réellement rajeuni. Je ne sais pas si c'est lié à cette électrocution, mais les faits sont là : mes cheveux repoussent, j'ai retrouvé des réflexes d'homme jeune...

Elle ne riait plus, me fixait avec inquiétude.

– Vous n'êtes pas un peu nerveux en ce moment ? Si vous pensez que cela pourrait vous faire du bien de parler avec quelqu'un...

Je l'interrompis sèchement :

– Si c'est un psychiatre que vous avez en tête, je crois qu'il est préférable que nous brisions là.

Elle avait l'air sincèrement navrée en me regardant sortir, honteux et dépité.

4

Richard a téléphoné, on jouera un double ce prochain samedi. Cela nous changera de nos mano a mano un peu infantiles et reposera son coude légèrement enflammé (le fameux tennis-elbow), qu'un simple sollicite davantage. Nos adversaires sont des amis à lui, je les connais : ils nous ont mis la pâtée, il y a quelques années, lors du tournoi interne. Je dois m'en souvenir, c'était peu de temps avant l'accident qui m'a tenu éloigné des courts pendant deux ans. Bref, ces valeureux garçons veulent nous offrir une revanche.

Non, je ne me souviens pas, mais si ma mémoire dans l'ensemble est excellente, elle accuse des trous noirs pour l'année de mes cinquante ans, – amnésie élective que je ne cherche pas à dissiper. Nos oublis nous constituent autant que nos souvenirs, il faut s'arranger avec le tout comme il est. Les deux collègues de Richard, eux, ne m'ont pas oublié. Ils n'en reviennent pas.

– Richard nous a prévenus, dit le plus petit, doté d'une voix de fausset à faire pâlir d'envie le sopraniste de l'Opéra, nous n'en croirions pas nos yeux tant vous semblez avoir rajeuni. C'est idiot, mais j'ai l'impression, en vous voyant, de tomber sur votre frère jumeau qui serait aussi votre cadet !

C'est idiot en effet, je balbutie quelques généralités sur les bienfaits d'une vie saine, alimentation équilibrée, coucher à des heures régulières, pas de tabac, peu d'alcool, du sport, toutes les conséquences positives d'une électrocution qui aurait pu m'être funeste. J'invoque même les vertus de la balnéothérapie, en omettant de préciser que j'en ai bénéficié il y a plus de quatre ans et que je n'y suis pas retourné depuis.

L'échauffement vite expédié (c'est le privilège des seniors, de hâter les préliminaires) on en vient aux choses sérieuses. Je me suis promis, au regard de ma forme actuelle, de ne pas rouler des mécaniques et de jouer en dedans pour ne pas alimenter la controverse, mais pris par l'âpreté du jeu – les docteurs Lillet et Scemama ne sont pas non plus des tendres sur un court, ils ont une réputation à défendre –, je ne tarde pas à me déchaîner, notamment à la volée, où il m'arrive plus d'une fois de suppléer de façon décisive aux hésitations de mon partenaire moins en verve. Nos adversaires résistent rageusement, sans cependant parvenir à renverser la tendance.

Nous l'avons emporté en deux sets secs, ils n'ont gagné que trois jeux, une véritable correction, mais là n'est pas le problème. Quand après la douche, nous nous sommes retrouvés sur la terrasse du club-house devant une bière, les amis de Richard me soumettent à un feu roulant de questions dûment préparées. J'accepte de bon cœur et sans arrière-pensée ce petit guet-apens amical. Après tout, Lillet étant cardiologue, Scemama gériatre, Martin, je le rappelle, neurologue, j'ai des raisons de croire qu'une telle réunion de compétences pourrait m'aider à comprendre ce qui m'arrive.

Non, sois sérieux, tu n'en crois rien, tu es simplement curieux de savoir comment des praticiens confirmés vont aborder ton cas ! Il est vrai, Anne me l'a souvent répété, je suis impardonnable de rester athée en médecine après mon accident : elle, je parle de la médecine, m'a bel et bien ramené à la vie après que j'ai frôlé la mort.

Fini les faux-fuyants, je raconte en détail mes dernières années, j'insiste sur les faits objectifs plutôt que sur la sensation du rajeunissement qui n'est peut-être qu'une illusion. Scemama résume l'affaire de façon limpide :

– À cinquante ans, vous avez pris un coup de vieux, vous le sentez vous-même et tout le monde vous le fait sentir. Cinq années passent, c'est l'inverse. Que s'est-il produit entretemps ? Vous ramassez vingt mille volts dans la figure avec trois mois de coma à la clef. Cela ne peut pas être une coïncidence. S'il y a quelque chose d'étrange dans votre guérison, c'est là qu'il faut creuser.

D'habitude, après le pot, on se sépare, Richard et moi. Là, les trois toubibs n'entendent pas me lâcher, ils m'invitent à déjeuner. Mon état les intrigue et mon histoire les passionne. En aurais-je l'envie, je ne peux pas décemment les planter là. Et j'espère toujours apprendre des choses. Ils veulent tout savoir de mon hospitalisation, le nom des médecins à qui j'ai eu affaire, la nature des soins qui m'ont été prodigués.

– Navré, c'est une période qui s'est effacée de ma mémoire. Il reste des traces, je dois avoir les documents à la maison. En tout cas, je n'ai pas le souvenir que l'on m'ait appliqué des thérapies révolutionnaires.

– On vous a quand même gardé quatre mois après la sortie de coma.

Le docteur Scemama dirige le service de gériatrie à Beaujon, mais il est également chercheur pour un institut privé dont il n'indique pas le nom. Je lui demande comment il définit un vieillissement normal.

– On sait mesurer, avec une marge d'erreur qui décroît sans cesse, le ralentissement du renouvellement cellulaire chez l'homme comme chez tout organisme vivant. Il y a évidemment des différences selon les classes d'âge, les individus, etc. Vous me suivez ?

Lillet le coupe.

– N'oublie pas de préciser qu'il y a aussi des différences d'intensité, ce n'est pas un mouvement uniforme. Tous les organes ne vieillissent pas à la même vitesse ni au même rythme.

– C'est ce que je me tue à lui répéter, dit Martin, soucieux de me rassurer. Il peut y avoir des paliers, ce n'est pas parce qu'on se sent en forme pendant quelque temps et que l'entourage s'extasie devant votre bonne mine qu'on est devenu un cas tératologique ! Je suppose qu'un homme qui travaille douze heures par jour dans une aciérie vieillit plus vite qu'un rentier de Miami qui somnole au bord de sa piscine... quoi, je dis une bêtise ?

– Ce n'est pas si simple, dit Scemama en fixant son confrère d'un œil sévère. L'inactivité peut tuer son homme aussi sûrement que le travail forcé. Combien de rentiers trop nourris, gonflés de diabète ou de cholestérol, disparaissent avant l'âge !

Au moment de les quitter – ils m'ont pourtant arraché la promesse de leur communiquer tout ce que je peux trouver dans mes papiers sur la période de mon hospitalisation –, je ressens une vague culpabilité. J'ai sciemment gardé pour moi un détail qui a son importance, mes visites à madame Raymonde, la sorcière de Bar-le-Duc.

5

J'ai oublié le nom de la personne qui m'a parlé de Raymonde. Je revenais fatigué et déprimé d'une cure de thalassothérapie à Biarritz, j'étais heureux de retrouver Paris, ma femme, ma fille, et ne voulais pour rien au monde expérimenter une nouvelle forme de soin, m'eût-elle aidé à récupérer la plénitude de mes facultés mentales. Les séquelles du choc étaient essentiellement psychiques, avec au tableau vertiges, troubles de la perception et de la mémoire qui se traduisaient par une distraction permanente assez fâcheuse dans la vie de tous les jours.

Quelqu'un – ce n'était pas Richard en tout cas, lequel rejette avec véhémence tout recours au paranormal – évoque un magnétiseur installé à Bar-le-Duc. L'homme aurait la réputation de faire des miracles. Après avoir longtemps repoussé la perspective de me livrer à ses talents et sur le conseil insistant d'Anne, je me décide à tenter l'expérience. Nous y allons en voiture, les médecins m'ayant déconseillé le train.

Le sorcier s'appelle Bra comme ce sculpteur, ami de Balzac, que son prénom Théophile rendit théosophe. Il habite la ville haute, non loin de la Tour de l'Horloge, une impasse à trois numéros qui donne rue François de Guise. Comme il pleut à verse, je demande à ma femme de m'attendre dans la voiture. La curiosité est trop forte, elle n'a jamais rencontré de sorcier et les parapluies ne sont pas faits pour les chiens.

La maison Bra doit dater du Moyen Âge, comme plusieurs habitations de la ville haute. Elle semble abandonnée. Une porte rafistolée, pas la moindre plaque, une fenêtre sans rideau, mais tellement crasseuse qu'il est impossible d'y jeter un coup d'œil. Je frappe plusieurs fois, sans résultat. Je la pousse, elle s'ouvre doucement, nous entrons, Anne et moi. Long couloir sombre et humide qui sent le moisi. Au bout, un escalier monte à l'étage. On entend des voix de femmes, une dispute. Une porte claque, quelqu'un descend. Une femme apparaît, vêtue d'un peignoir bleu élimé, cheveux hirsutes, sourcils charbonneux, nez en bec d'aigle, impossible de dire son âge, entre trente et cinquante ans. Elle tient un éventail fermé dans la main gauche.

– Vous voulez quoi ?

– Nous aimerions rencontrer monsieur Bra, dit Anne. Nous n'avons pas de rendez-vous, mais nous venons de Paris.

La femme sourit.

– De Paris ! Malheureusement, mon père ne pourra pas vous recevoir. Il est mort, il y a juste un an.

Devant mon air dépité, elle ajoute :

– C'est moi qui le remplace. Le pouvoir qu'il a reçu de sa mère, il me l'a légué. Je suis magnétiseuse.

Je ne savais pas que ce don se transmettait d'une génération à l'autre.

– Vous pouvez m'appeler Raymonde, dit-elle en me tendant une main forte et noueuse aux ongles noirs, que je serre avec circonspection. Vous avez l'air inquiet. Détendez-vous.

Elle pousse une porte matelassée qui communique avec un salon spacieux, éclairé par une baie vitrée, et se tourne vers Anne.

– Madame peut rester si elle le désire.

Je n'ai pas compris comment elle a deviné que j'étais le patient.

– Je ne comptais pas rester, dit ma femme avec un regard circulaire pour s'imprégner de l'atmosphère du lieu. Je t'attends à la pâtisserie près de l'église.

Me voici seul avec Raymonde. J'imaginais le cabinet d'une sorcière autrement. La pièce vient d'être repeinte, murs blancs, boiseries jaunes. Ameublement minimal, quelques fauteuils et chaises, un miroir ancien au-dessus de la cheminée et une table de massage qu'elle me désigne de la pointe de son éventail. Je commence à délacer mes chaussures.

– Oui, mettez-vous à votre aise. Je reviens dans une minute.

Je m'allonge en caleçon comme chez le kiné. Elle a eu le temps de passer un jean et une vareuse blanche immaculée. Assise à mon chevet, elle frôle mes tempes, étudie du bout des doigts l'architecture de mon crâne comme si elle voulait y faire saillir la tête de mort.

– Je sens que le choc a été terrible, dit-elle. C'est arrivé comment ?

Je lui raconte l'histoire. Elle glisse sur les circonstances mêmes de l'électrocution, me pose des questions précises. Les heures qui ont précédé l'accident l'intéressent davantage. C'est vrai que tout allait de travers ce jour-là, l'ambiance était exécrable à la radio, le directeur avait réuni les cadres pour se plaindre du laisser-aller de certains techniciens, j'étais si mal qu'un moment j'ai appelé Anne au bureau, ce qu'en temps normal je me suis toujours interdit. Bien sûr, je n'ai pas réussi à la joindre. À mon retour au studio, l'électricien était parti déjeuner, j'ai voulu opérer un branchement délicat, et voilà.

Mademoiselle Bra m'écoute avec attention, trace des lignes imaginaires sur mon crâne, palpe le bulbe rachidien, rudoie les attaches musculaires du cou. Je me sens m'engourdir, elle me retourne sur le ventre comme une crêpe, longe la colonne vertébrale dont elle détaille, vertèbre après vertèbre, le paisible alignement, éveillant d'une légère pression du majeur et de l'index les flux d'électricité statique dont elle gouverne ainsi l'équilibre invisible. D'un geste sec de masseuse, elle rabat le caleçon pour dégager les fesses, enduit tout le bas du dos d'une huile essentielle à l'arôme puissant et à l'effet cuisant. Elle malaxe et pétrit à pleines mains, suscite une étrange, bienfaisante bouffée de chaleur et l'envie de s'abandonner. Raymonde finit la séance à mes pieds, elle en travaille la plante, passes et frôlements, en devine la secrète géographie magnétique qu'elle sait ne pas brutaliser.

Anne m'attend devant une énorme part de gâteau. Elle n'y a pas touché. Voilà qui tombe bien, j'ai faim et me sens en pleine forme. Elle n'ose pas me demander ce que la fille du sorcier m'a fait. Nous visitons l'église Saint-Étienne et restons en arrêt devant le fameux Transi. L'avenir me paraît soudain terriblement décharné. En sortant, elle me presse la main :

– Cette Raymonde m'a l'air bizarre. Immonde, pour tout dire. Tu y retourneras ?

6

J'y suis retourné onze fois. Malgré la distance, malgré le tarif exorbitant (Raymonde demandait neuf cents francs), malgré l'inquiétude sourde de ma femme, son opposition muette et impuissante.

Lointaine descendante du sculpteur, mademoiselle Bra était à la fois masseuse, guérisseuse, rebouteuse, magnétiseuse, en un mot sorcière, avec une qualité supplémentaire que son physique ingrat ne laissait pas supposer de prime abord : elle câlinait son patient à la façon d'une nounou, jouant la régression contre le magnétisme animal. Sa philosophie thérapeutique était plus éclectique qu'électrique, mais «l'immonde» Raymonde (elle ne l'était pas pour un sou) savait retirer l'électricité de l'air pour la mêler à celle de ma chair, ramenant à la raison les flux anarchiques de mes nerfs déboussolés.

Dès la deuxième séance, elle me présenta une décoction de plantes sauvages que j'avalai avec une grimace et dont les effets se firent sentir dans l'instant. Enveloppé de douceur, gagné par une bienfaisante impression d'engourdissement, je devins lisse et léger, comme si son philtre avait le pouvoir de séparer momentanément l'âme du corps et conférait à mes sensations une acuité encore jamais éprouvée.

Ce sentiment de légèreté ne durait qu'un temps, elle m'aidait à me dévêtir et à m'allonger sur la table des délices. La suite était une copie conforme du protocole de la première séance, à la différence près que je m'endormais rapidement. C'est ainsi qu'à plusieurs reprises, lors de mes visites à Bar-le-Duc, je fis un rêve à épisodes, qui tourna vite en obsession et colonisa pour de longs mois mon activité mentale nocturne.

Je fuyais mes ennemis dans une région montagneuse, sauvage, inhospitalière, où les pics rocheux succédaient aux précipices, parfois masqués par d'épaisses et sombres forêts. Convaincu que nul ne songerait à m'y dénicher, j'avais trouvé refuge dans un manoir inhabité, presque une ruine, qui dominait un paysage torturé, un enchevêtrement géographique où les plateaux côtoyaient les gouffres. Mais je ne tardai pas à entendre les aboiements des chiens, puis les cris et les hurlements de la meute de mes poursuivants qui se rapprochait. Déjà, ils attaquaient à coups de masse la lourde porte de chêne massif que j'avais refermée derrière moi. La nuit était tombée, les nuages noirs pesaient sur l'horizon, l'orage n'allait pas tarder. Debout sur le muret qui cernait la terrasse et résolu à me jeter dans le vide plutôt qu'à me rendre, je défiais les assaillants qui envahissaient la demeure. Les premiers d'entre eux m'aperçurent, alors qu'un énorme coup de tonnerre ébranlait le manoir dont je crus sentir craquer les fondations. À l'instant où je me précipitai les bras en croix, adoptant instinctivement la posture dite du saut de l'ange, un éclair m'enveloppa. Je ne perçus aucune brûlure, nulle commotion, mais au contraire un allégement de tout le corps et, ô bonheur, une sensation de vol qui s'était substituée à l'horreur de la chute. Une force puissante, invisible contrariait les lois de la gravitation, ralentissait ce mouvement vers le bas, au point que parvenu au fond de l'abîme la verticale du saut s'infléchit en courbe radieuse.

Ramenant les bras le long du corps et reprenant de la vitesse, je rasai le cours d'un torrent et remontai vers le manoir dont je vis la terrasse occupée par un grouillement de nains penchés au-dessus du gouffre, sur les parois duquel ils dirigeaient, vociférant et gesticulant, le jet de leurs lampes torches. Je les abandonnai à leur vitupérante petitesse et, requis par l'altitude, glissai sans effort vers les hauteurs. La sensation que j'éprouvai avec une précision hallucinatoire inouïe, je n'ai pas de mot pour la décrire, pas plus que je ne saurais dire le plaisir ressenti à expérimenter cette faculté nouvelle de me mouvoir dans l'espace à la manière des oiseaux. Je suppose que la seule comparaison qui vaille me ramènerait à l'âge infantile des premiers pas, puis quand la station debout est à peu près assurée, des premières courses : gambader sur une plage de sable fin, dévaler une pente en été, les brins d'herbe à peine effleurés vous grignotent la plante des pieds...

Le rêve est revenu plusieurs fois (à croire que dans une vie antérieure j'étais muni d'ailes et portais des plumes), avec des variantes. Il m'est arrivé en vol d'apercevoir un étang sur lequel je me suis posé aussi gracieusement qu'une pintade débutante ou de piquer sur le manoir en me rétablissant au tout dernier moment.

Je ne l'ai raconté à personne, pas même à Anne. Elle détestait mes voyages hebdomadaires à Bar-le-Duc.

– Je ne veux pas savoir ce que cette femme te fait. J'ai compris tout de suite, en la voyant te regarder, ce qu'elle cherche.

Je prenais un air fatigué.

– Et quoi donc ?

– Du sexe, grand nigaud ! Avec la tête qu'elle se paye, même un vieux croûton comme toi est une bénédiction pour elle.

Je ne protestais pas, à l'époque vieux croûton se justifiait.

Et pourtant, j'avais le sentiment de découvrir, dans le salon de mademoiselle Bra, au-delà du mystère des passes magnétiques, les vertus de la régression et de la passivité. Le maternage thérapeutique a parfois du bon. Je m'endormais, je rêvais encore, toujours la même partition, je m'envolais oiseau et retombais nourrisson entre les mains de Raymonde, je n'aurais pas été surpris, en recouvrant mes esprits, de la voir me talquer les fesses et les gratifier d'un bisou pour me signaler la fin de la séance.

Une seule fois, vers la fin, modifiant le déroulement des opérations, elle me conduisit dans une salle de bains où régnait une chaleur suffocante. L'immense baignoire à l'ancienne reçut, outre ma transpirante personne, une pleine jarre d'un liquide laiteux aux vertus régénératrices qui se mêla à l'eau chaude. Un vrai bain de jouvence, m'avait-elle dit – je m'en souviens maintenant – en me massant les cervicales. Et de fait, en sortant, je me sentis merveilleusement allant et détendu. Mademoiselle Bra m'enveloppa dans un drap d'éponge épaisse et, accroupie à mes pieds, m'essuya les cuisses, sans éviter mon membre tendu qu'elle accueillit dans ses mains jointes. C'était ma première érection depuis l'accident, je ne pouvais me dérober.

L'autre souvenir remonte à mon dernier voyage à Bar-le-Duc. Il y avait près de trois mois que je rendais visite, chaque semaine, à Raymonde. Je redoutais de la revoir après ce qui s'était passé à la sortie du bain. Je n'avais rien raconté à ma femme, ravie de me voir rentrer amoureux et ardent. J'aime trop Anne pour plonger en aveugle dans l'adultère et l'exposer, elle, aux affres du soupçon. Dans le train, un lycéen me raconte qu'il a pris l'habitude de réviser son examen de fin d'année *Chez Luc,* un café de la ville basse. Comme je le regarde, étonné, me demandant où il veut en venir, il ajoute à voix basse :

– Dur le bac au bar de Luc à Bar-le-Duc !

Le drôle (pas si drôle que ça) me réclame de l'argent, il est dans la dèche. Je lui donne les neuf cents francs prévus pour Raymonde. Je monte vers la ville haute, bien résolu à éviter l'impasse. Pour tuer le temps et conjurer la sorcière, je retourne à l'église Saint-Étienne et reste un long moment à ruminer le chef-d'œuvre de Ligier Richier. Depuis plus de quatre siècles, le Transi, squelette aux chairs en lambeaux, tend son cœur vers Dieu. Je vois dans ce geste autre chose qu'une offrande, – un reproche, la terrible admonestation d'une eucharistie à rebours. Tiens, Seigneur, prends ce cœur que Tu m'as arraché, prends et mange.

N'y a-t-il donc pas d'autre issue ? Pas d'autre moyen, pour quitter ce monde, que la mort ?

DEUXIÈME PARTIE

QUAND JE SERAI VIEUX, JE SERAI JEUNE

7

Anne et moi, nous nous complétons parfaitement. Je n'ai jamais su garder un papier, a fortiori ranger et classer des documents, ma vie serait un enfer si je ne l'avais pas rencontrée. Aussi, quand deux mois après les examens, j'ai enfin reçu les résultats de mes analyses quinquennales, – je les attendais avec une impatience croissante –, nous avons pu les comparer avec ceux de 1990 et 1995, que ma femme n'a pas mis trois minutes à retrouver.

Je ne comprends pas grand-chose à leur jargon, n'étant pas médecin, mais nous avons une encyclopédie médicale à la maison, comme la plupart des familles, et les chiffres, eux, sont universels, donc facilement comparables. Ceux de 1990 et de 2000, à peu près dans les normes, coïncident de façon saisissante, alors que les paramètres de 1995, peu avant l'accident, taux d'hématocrites dans le sang, cholestérol, ne sont pas loin d'être alarmants. Pour le sucre, la situation est franchement mauvaise, si l'on prend en considération mon hérédité, très marquée côté diabète : la glycémie dépasse 1,5 gramme par litre de sang alors que la limite supérieure admise est de 1,26 gramme.

À l'époque, on me demandait de consulter mon médecin traitant sans délai. Anxiété ou négligence, je n'avais pas donné suite, l'accident et ses conséquences avaient de toute façon rendu ces préoccupations caduques. On ne chipote pas un homme entre la vie et la mort sur sa fâcheuse propension à succomber aux douceurs.

Le docteur Jonathan Berger est un petit homme replet vêtu d'un complet gris trois pièces et nœud papillon jaune. Dans son domaine, Berger est une sommité, son cabinet situé dans un immeuble somptueux du XVIe arrondissement ne désemplit pas, m'a affirmé Richard, qui m'a obtenu le rendez-vous dans la semaine, alors que d'habitude, il faut attendre des mois. La mine sévère et concentrée, il consulte les documents que je lui ai présentés, relève la tête, retire ses lunettes, et me fixe un moment d'un air catastrophé.

– Au vu de ces éléments, je ne vois là rien que de très normal, monsieur Jouve. Après une alerte sérieuse autour de la cinquantaine, vous voici à nouveau en parfaite santé, félicitations. J'ai du mal à comprendre ce qui vous inquiète, vous et vos amis.

Je me sens bafouiller.

– Plusieurs spécialistes, avec qui j'ai joué au tennis, ont trouvé mon état physique étonnant pour un homme de mon âge. Ils ont pensé...

Berger s'est levé, marche de long en large, s'approche de la fenêtre. Il fulmine.

– Elle est bonne, celle-là ! Monsieur mène une existence saine, fait du sport, ne fume pas, boit peu et que du bon – c'est ce que vous m'avez raconté, non ? –, subit une électrocution qui lui permet de suivre à son corps défendant une longue et coûteuse cure d'amaigrissement qui lui permet de devenir le pensionné de la Sécu le plus alerte de sa génération, et il faudrait sonner le tocsin ? Laissez-moi vous dire, vos amis sont peut-être des spécialistes, mais pas des lumières ! Ou alors, ils sont jaloux de votre coup droit.

– Peut-être, dis-je d'un ton mal assuré, mais il y a aussi la question des cheveux. J'étais en train de devenir chauve, et là ils repoussent.

Le docteur rejette l'argument du revers de la main.

– Vous me faites rigoler avec cette histoire de calvitie résorbée. Sans doute un effet collatéral de votre long séjour en milieu hospitalier. Enfin, mon cher monsieur, un chiffre résume la situation : celui de votre poids. C'est marqué là, sur les papiers que vous m'apportez : soixante-dix kilos huit cents grammes il y a dix ans ; quatre-vingt-trois kilos deux cents en 95, cinq ans après ; et aujourd'hui, soixante-dix kilos tout ronds. Tout est là, vous avez perdu douze kilos en quelques années, et sans aucun traitement. Que demande le peuple ? Je vais vous dire, votre impression de coup de jeune n'est que la conséquence de cette forme de bien-être qu'éprouvent toutes les personnes après une cure réussie.

Il me raccompagne, me serre longuement la main en me regardant avec sympathie.

– Votre état, monsieur Jouve, n'a rien de miraculeux, je vous assure, encore moins de monstrueux. Et ne faites pas cette tête, mon Dieu. Bien des hommes de votre génération pourraient vous envier. Certains sont des vieillards précoces, vous êtes un veinard juvénile, profitez de votre chance !

Je suis si content et soulagé en quittant le bon docteur Berger que je marche au hasard sous la pluie dans les rues à l'entour avec une exaltation grandissante. Parbleu, il a raison, le toubib, pourquoi se casser la tête et chercher midi à quatorze heures ? J'ai retrouvé ma ligne de jeune homme, c'est aussi simple que cela, soixante-dix kilos pour un mètre quatre-vingts étaient déjà mes mensurations lors de mon mariage.

J'arrive sans trop savoir comment au square du métro Passy. Un clochard installé sur un banc m'apostrophe en agitant son litron de rouge :

– Fais pas semblant de pas me voir, toi ! J'te taxe de dix balles, c'est pas la mer à boire.

La mer, non, le vin, sûrement. En fouillant dans ma poche, je trouve une pièce que je lui tends. Il l'attrape et dit :

– Quel âge, tu me donnes, le bourge ?

Je scrute son visage buriné, son épaisse tignasse grise et sale. Il est sans doute moins vieux qu'il n'en a l'air. Le genre d'homme dont on lit dans les romans qu'il n'a pas d'âge. Je propose la cinquantaine. Il en rigole, le bourge.

– Quatre-vingts bien tassés, mon bonhomme. Tu le crois pas ? Vise ma carte !

Et comment, que je le crois ! Pas besoin de vérifier ses papiers. Je ne suis donc pas le seul à prendre des coups de jeune. Pour fêter cette excellente nouvelle, j'emmène Anne et Ève au restaurant ce soir.

8

Scène de famille. Les Jouve au salon regardent un dessin animé à la télévision. Toi, tu as pris le parti du canard. À force de dynamiter la maison et ses environs, il finira bien par chasser ce gros ours mal léché. Grand-mère Anne tricote, papa n'est pas là (c'est d'ailleurs son petit nom : papapala), Ève t'a posé sur ses genoux.

De temps en temps, vous jouez à cheval au galop, au galop. C'est ton jeu préféré. Maman commence par te soulever tout doucement, au pas, au pas, elle accélère, au trot, au trot, puis se déchaîne, au galop, au galop. Il va bientôt être l'heure du cinéma des draps blancs, comme tu n'aimes pas cela ! Tu freines des quatre fers, mais rien à faire, impératif dodo, ce petit bonhomme-là devrait déjà être au lit. Maman Ève te prend dans ses bras, te présente pour le bisou du soir à grand-mère Anne et, comme tous les soirs, c'est la même comédie, tu détournes la tête, elles rient toutes les deux. Bonne nuit, René, je repasse te voir. Tu as cinq ans.

Ce n'était pas un cauchemar, juste un rêve horrible de rapetissement. Une des fleurs les moins vénéneuses de mon agitation nocturne, fébrile ces temps-ci. Une autre fois, autrement plus rude, j'ai rêvé qu'Anne avait abandonné les assurances pour se lancer dans le commerce des fleurs. Elle a toujours aimé les plantes. L'enseigne était *À la main verte*. Elle se débrouillait comme un chef, mais les choses se passaient moins bien pour le mari. Je m'amenuisais doucement, je devenais un homme-bonsaï, je criais, me débattais, appelais à l'aide, et personne ne m'entendait.

Nous sommes retournés, ma femme et moi, à Bar-le-Duc. Le diagnostic du docteur Berger n'a pas suffi à la convaincre. Elle veut en avoir le cœur net, interroger Raymonde, mettre la sorcière à la question s'il le faut. C'est peu de dire que ma brutale transformation physique, je n'ose plus parler de rajeunissement, l'a perturbée au moins autant que moi. Ne l'ai-je pas surprise plus d'une fois en pleurs, la nuit, quand elle ne parvenait pas à s'endormir ? Ou alors elle se réfugiait dans la salle de bains. On aurait dit une scène de couple, je parlementais à travers la porte, peine perdue. Ayant moi-même, comme la plupart des mâles, renoncé à l'usage des larmes quand j'ai découvert celui du sexe, je ne savais répondre, tendre réconciliation, qu'en pleurant sur elle des larmes de sperme.

Anne, ma future veuve, a longtemps vécu sur le dérisoire capital de notre différence d'âge, les sept années qu'en théorie, je devais avoir brûlées avant elle. C'est moi, le vieux dans la famille, le père par excellence, celui qui doit décaniller le premier, et elle, ma petite fille, comme je l'appelle parfois dans nos moments de tendresse. Tout cela, le fragile équilibre inconscient de notre couple, est remis en cause, mes dénégations, mes professions d'amour répétées n'y changeront rien.

Ève aussi en subit le contrecoup, elle n'est pas dupe.

Ne m'a-t-elle pas demandé récemment, avec l'insouciance de ses seize ans :

– Papa, si tu continues à rajeunir, tu vas nous quitter ?

– On finit toujours par se quitter, lui ai-je dit d'un ton badin. Que ce soit par le bout ou par le commencement.

Ce retour à Bar-le-Duc pour enquête, quatre ans après, ne m'aura pas rassuré. Nous sommes venus en voiture, comme l'autre fois, nous relayant au volant. Première déconvenue, la maison est vide et à vendre. On se voit déjà rentrer bredouilles. Non, une voisine qui nous observait derrière son carreau sort en s'essuyant les mains sur son tablier. Affaissée, ridée comme une pomme, la vieille nous apostrophe :

– Vous savez pas ? Vous lisez donc pas les journaux ? Elles sont mortes, toutes les deux, l'année dernière, un peu avant Noël. La mère et la fille. Une dispute qu'a mal tourné, c'est vrai qu'elles s'attrapaient souvent ces deux-là. Mais là, c'est au couteau qu'elles ont fini, paraît qu'y avait du sang partout, sur les murs, sur les meubles, jusqu'au plafond, vous imaginez un peu ? Faut dire que c'était intenable chez les Bra. Et tous ces gens bizarres qui défilaient chez eux ! D'ailleurs, moi qui les connais depuis toujours, je me demande encore qui était la fille, qui était la mère.

Elle retourne dans son antre, en ressort avec des coupures de presse.

– Regardez, c'est sur le journal, elles se ressemblent même pas.

Anne jette un coup d'œil distrait, au fond soulagée de n'avoir pas à affronter la sorcière. Je scrute la photo avec attention. Raymonde, chevelure emmêlée, nez crochu, mâchoire masculine, je la reconnais au premier regard.

La magnétiseuse a parfois évoqué sa mère devant moi, mais je ne l'ai jamais vue, lors de mes visites hebdomadaires. Je me demandais si elle n'était pas infirme, clouée dans un fauteuil ou cloîtrée par Raymonde.

À côté de mademoiselle Bra, se tient une femme aux traits fins et doux, qui sourit à sa fille. Et pourtant, il y a un air de famille, les yeux, peut-être. Le problème est que cette femme a vingt ans de moins que Raymonde. Cette dernière aurait-elle interverti les rôles et pour quelle raison ? Je préfère ne pas envisager une autre explication, et pas question d'évoquer cette éventualité devant Anne.

Je rends l'article à la voisine, lui chuchote à l'oreille :

– Raymonde est bien la fille, n'est-ce pas ?

– Justement, c'est ça qu'est pas croyable ! Elle est de 56, comme la mienne. Vous pensez si je la connais, les deux petites ont fait leur communion ensemble !

45

Et l'autre est sa mère, elle serait née en 28, vous vous rendez compte ? Elle avait déjà la même figure quand elle a épousé le père Bra, dans les années cinquante ! Le diable seul sait ce qu'il en est.

9

Les mois qui suivirent furent parmi les plus heureux de ma vie. On cessa de s'extasier devant ma bonne mine et de prendre un air étonné quand je disais mon âge. Je finis même par ne plus y penser, ma belle-sœur avait eu l'excellente idée d'accompagner son mari, détaché pour six mois dans un lycée canadien. J'étais l'époux le plus ardent qu'Anne pût rêver, elle-même avait repris goût à ce genre de complicité amoureuse qui fait de l'habitude et de la connaissance de l'autre le meilleur allié du désir.

Ma fille aussi bénéficia de mon tonus. Ève avait des dispositions pour le tennis qui ne demandaient qu'à être développées. Délaissant Richard et nos ridicules empoignades du samedi, je m'instituai son entraîneur. Elle ne dit pas non et progressa rapidement, au point de pouvoir s'inscrire à des compétitions qui se déroulaient le week-end, le plus souvent en banlieue, obtenant des résultats fort encourageants. Je dois avouer que la voir jouer devint le but le plus fréquent de nos sorties dominicales. Associés ma fille et moi en double mixte, il nous arriva même de parvenir en demi-finale du tournoi du Luxembourg, où évoluent des joueurs classés. Anne, qui sentait ces choses mieux que moi, me fit observer qu'Ève était gênée de jouer avec son père, là où ses copines se présentaient flanquées d'un garçon de leur âge. Je n'insistai pas. Ève était un beau brin de fille, il ne lui serait pas difficile de trouver un partenaire, je ne dirais pas plus fringant, car j'étais au mieux de ma forme, mais plus motivant.

Le plus important pour la conduite de mon existence fut la décision que je pris de me remettre au travail. Bien sûr, pensionné à cent pour cent à la suite de l'accident, il n'était pas question pour moi de chercher un emploi et de devenir un cumulard, comme certains retraités de l'armée ou de la police. En revanche, reprendre des études, travailler pour moi était parfaitement légitime et, si j'en croyais le docteur Berger, souhaitable. Désireux depuis longtemps d'améliorer mon anglais, je m'inscrivis à un cours pour adultes et, deux fois par semaine, une étudiante à lunettes dorées et nattes rousses de Cambridge, en séjour à Paris, venait à la maison pour converser avec moi dans sa langue maternelle.

Le reste du temps, je le passais dans mon bureau à écrire, disons – car je n'ai aucune expérience dans ce domaine –, à tenter d'écrire une pièce radiophonique. J'en ai lu beaucoup naguère, quand la radio avait pour moi la forme d'une vaste maison ronde. À cette époque, j'appartenais à une commission chargée de choisir sur manuscrit les œuvres qui seraient mises en ondes.

Pour être honnête, l'idée venait de ma femme. J'acceptai à la condition d'être corrigé par elle. Anne ne demandait pas mieux. Le titre, je l'ai trouvé tout de suite : *L'Ingénieur du silence*. Je voulais raconter l'histoire d'un ingénieur du son victime d'un choc, une électrocution naturellement. Nous voilà en pleine autobiographie, mauvais départ. Rectifions. L'accident le rend sourd, ça, c'est nouveau. Son infirmité le coupe en un sens du monde et des autres, mais développe en lui

47

un étrange pouvoir d'extralucidité. Bon, quoi encore ? Il rencontre une sorcière. Normal, elle et lui sont dans le paranormal. Non, c'est mon histoire à moi qui remonte, elle n'intéresse personne. Nouvelle rectification, il ne rencontre pas de sorcière, il invente, lui l'ingénieur du son, une machine à faire le silence, capable d'absorber, d'annihiler en temps réel n'importe quelle source sonore, bruit, musique, chant dès leur émission.

Je ne savais pas très bien où j'allais, mais si, comme le remarquait ma femme, la machine de mon ingénieur s'avisait de fonctionner, les dialogues ne seraient pas difficiles à rédiger puisque la pièce radiophonique était menacée dans son principe même. Délicate contradiction, mais j'avais le temps pour moi, et cela m'occupait. De me sentir créateur me comblait, moi qui ai si longtemps servi parmi les techniciens. Pour me donner du cœur à l'ouvrage, j'en touchai un mot à mon ami Jacques, réalisateur à Radio-France. Il m'encouragea vivement et se faisait fort de conduire mes divagations acoustiques au prix Italia, dont il est un lauréat.

Bref, tout allait pour le mieux, quand un soir tard, au milieu du film à la télé, – *Les Trente-Neuf Marches* d'Alfred Hitchcock ! –, le téléphone sonne. Nous nous regardons, Anne et moi, je me lève. C'est mon ami Richard, empressé, doucereux. J'aurais dû me méfier. Il ne m'en veut pas d'avoir renoncé à nos parties acharnées du samedi matin, la famille avant tout et Ève, croit-il savoir, promet, question tennis.

En fait, le docteur Martin aurait un petit service à me demander. Il a rencontré à l'INSERM un jeune chercheur de Montréal, qu'intéressent les gens qui ont vécu une expérience traumatique, comme l'est une situation de coma, et qui s'en sont sortis. Je me dis à part moi que les autres, évidemment, ne l'intéressent pas. Richard devine que je ne suis pas très tenté, spontanément, de réveiller, fût-ce pour aiguillonner la recherche québécoise, cette vieille histoire et son cortège de pénibles souvenirs d'hospitalisation.

Ce que je ne suis pas disposé à donner à la médecine, peut-être le céderai-je à l'amitié ? Comment dire non, quand la chose est présentée en ces termes ? J'accepte, en dépit des furieux signes d'Anne qui me presse de refuser. Richard connaît un lyonnais fameux, près de son cabinet, leur crozes hermitage, je ne te dis pas. Va pour demain, à déjeuner. Ce n'est pas vraiment mon quartier, mais un jeune retraité comme moi a le temps.

10

J'ai sur le coma quelques idées simples. On y est, ou on n'y est pas. Si on y est, on n'y est pour personne. Une expérience du coma proprement dite, qui supposerait impressions conscientes et souvenirs, est donc impossible. Comme le serait l'expérience de la mort. Ce que disent les gens qui prétendent en être revenus me laisse sceptique.

Pour Ruud Knickholz, notre jeune Canadien, les choses sont moins tranchées. Le travail de la mémoire implique des degrés de conscience. Même moi, qui n'ai que des rudiments de psychanalyse, je n'ignore pas que ce qui affleure et est immédiatement visible n'empêche pas l'existence en profondeur de phénomènes au statut psychique indécis. Bref, à l'en croire, j'en sais peut-être plus que je n'imagine sur mes quatre mois d'absence.

Grand, un peu voûté, les traits fins, une chevelure en bataille qui contraste avec son air nonchalant ou, plutôt, désabusé, une certaine séduction dans les manières, le garçon est sympathique et ne ressemble pas à l'image sans doute trop carrée que l'on se fait du scientifique nord-américain. Premier arrivé, il nous attend, Richard et moi, dans ce petit restaurant de quartier aux boiseries cirées, aux nappes et serviettes à carreaux rouge et blanc, où la cuisine lyonnaise est à l'honneur.

Je soupçonne Richard d'avoir préparé le terrain, mais, à l'inverse des docteurs Lillet et Scemama qui n'avaient pu s'empêcher de m'examiner comme une bête curieuse lors des présentations au club-house, le chercheur m'a serré la main sans me détailler, sans même un regard pour l'implantation de mes cheveux dont la repousse taraude le docteur Martin au point, dirait-on, qu'il en perd les siens.

Comme l'indique son prénom, Knickholz est d'origine scandinave. Il n'avait que six ans quand ses parents se sont installés au Québec. Il a choisi par commodité la nationalité canadienne, mais ces détails n'ont pas d'importance pour ce citoyen du monde. En revanche, son détachement pour un semestre à l'INSERM, il le prend très au sérieux.

– Vous savez, monsieur Jouve, le coma concerne un très grand nombre de cas d'hospitalisation, dit-il comme pour éluder une objection.

– Et comment ! précise Richard au néophyte que je suis. En ajoutant aux accidents de la circulation, du travail, du sport, les conséquences critiques de problèmes pulmonaires ou cardio-vasculaires, ça fait beaucoup de monde.

Certes, certes, mais qu'y puis-je ?

– Je veux bien en parler, mais pour moi, cette période se résume à un grand trou noir. Je n'ai aucun souvenir de ces mois. Même la période qui a suivi reste floue dans ma tête.

Knickholz, avec un sourire, poursuit son idée.

– La remémoration est un travail, souvent douloureux, et un art. C'est là que le médecin, s'il a du tact et de la patience, peut collaborer avec le patient.

Le patron prend la commande. Le Québécois est végétarien, ce qui dans un bouchon lyonnais est presque une déclaration de guerre. Richard et moi choisissons l'andouillette, notre invité épinards et carottes.

– Et pour boire ? Le crozes pour tout le monde ?

– Désolé, je ne bois que de l'eau.

Le patron ramasse les cartes, son regard en dit long.

– Oui, je sais, dit notre ami Ruud quand l'autre s'est éloigné. En refusant la viande et le vin, je passe pour une petite nature, froide et pas conviviale, mais j'ai l'habitude.

Il faut avoir le courage de ses convictions.

Très vite, la conversation revient sur le coma. Le chercheur n'est pas prêt de lâcher son sujet.

– Même si les paramètres physiologiques qui permettent de le définir, d'en mesurer la gravité, sont connus, nous restons dans le noir, si je puis dire, quand il s'agit d'apprécier la nature exacte de son « vécu » sensoriel, – je mets vécu entre guillemets, bien sûr. C'est là que le témoignage, même indirect, nécessairement indirect, de patients de bonne volonté nous est précieux.

Il observe mon geste d'impuissance, insiste.

– Votre cas est particulièrement intéressant, mais si, monsieur Jouve, je vous assure. Un coma aussi long et indécis après une électrocution est vraiment une chose rare. Ou bien la décharge est trop soutenue et le cœur lâche, ou bien on s'en tire avec une commotion et des brûlures.

– Du reste, observe Richard, vingt mille volts, ce n'est pas énorme.

– Ah, tu trouves ? Moi, ça m'a suffi.

Le chercheur n'est pas d'accord.

– Non, docteur Martin, tout dépend des circonstances de l'accident. Il n'y a pas que l'amplitude ou l'intensité qui entrent en ligne de compte, le temps d'exposition est au moins aussi déterminant.

Le neurologue ne se laisse pas démonter.

– Ce que je sais, dit-il sur un ton badin, c'est que dans certaines prisons américaines, on utilise des ceintures électriques qui permettent aux gardiens de punir les détenus récalcitrants – ou pas –, en leur envoyant des décharges de cinquante mille volts. Très douloureux, mais pas mortel, paraît-il.

– Mais c'est monstrueux !

– Je suis bien d'accord avec toi, dit Richard. D'ailleurs c'est une pratique condamnée par Amnesty International. Il va de soi qu'il y a déjà des psychiatres en France qui rêvent d'introduire ce système dans leurs cliniques.

Au café, notre ami canadien ne tient plus sur sa chaise.

– Merci vraiment pour ce sympathique déjeuner, dit-il en s'adressant à Richard.

Celui-ci rigole et se tourne vers moi.

– Il n'ose pas te demander...

– J'allais le faire, dit Ruud qui rougit comme une communiante. Je sais que je vais vous embêter, d'autant que d'autres vous ont déjà tiré les vers du nez, mais je serais très honoré si vous acceptiez de perdre pour examen quelques heures dans mon labo.

11

Nous avons pris place dans le minuscule bureau qui lui est alloué. J'ai raconté, une fois de plus, les circonstances de l'accident, mes souvenirs d'hospitalisation. Ruud ne m'a guère interrogé sur le coma, semble en revanche curieux de savoir ce qui s'est passé après, quand j'ai quitté le service de réanimation. Je lui parle de la thalassothérapie, ça l'ennuie vite, ce n'est pas cela qu'il veut entendre.

– Rien d'autre ? Vous n'avez pas fait appel à du personnel paramédical, kiné, ostéopathe, guérisseur ?

Je scrute au plafond un endroit où le plâtre s'écaille.

– Peut-être, je ne me souviens pas.

Ma réponse l'attriste.

– Pas même une magnétiseuse ?

Mon regard s'est posé, en même temps que le sien, sur une chemise de carton jaune étalée devant lui et portant, au feutre noir, la mention : AFFAIRE BRA. Je bondis.

– C'est quoi, un interrogatoire ? Écoutez Ruud, j'ai la vive impression d'être roulé dans la farine et depuis un bon bout de temps. Vous n'êtes pas chercheur, mais flic, c'est ça ?

– Non, comme je vous l'ai dit, je viens du Québec, détaché par le département qui m'emploie pour une mission en France. Mes recherches sont de nature médico-légale et tournent notamment autour du coma, en matière criminelle. Il se trouve qu'on m'a parlé de la tuerie de Bar-le-Duc, de l'étrange personnalité des victimes. Pour tout vous dire, dans le carnet de la fille, Raymonde Bra, figuraient vos nom et adresse, et le montant des sommes que vous lui avez versées. Sauf erreur, près de dix mille francs en trois mois.

– Mais pourquoi cette mise en scène ? Vous pouviez me téléphoner, me poser des questions directement au lieu de faire jouer au docteur Martin ce triste rôle d'entremetteur.

– Ne vous énervez pas. C'était peut-être maladroit, mais cela partait d'un sentiment louable. Votre ami, que j'ai rencontré par hasard...`

– Par hasard, bien sûr...

– Votre ami pense qu'il vous arrive quelque chose d'extraordinaire, que vous refusez de voir en face. Vous n'aimez pas, ce que je conçois, qu'on vous en parle. D'où ce petit stratagème pour capter votre attention. Je suis fautif, je vous présente mes excuses.

Je les accepte, bien obligé, et me lève, prêt à tourner les talons.

– Attendez, il y a une chose que vous ne savez pas. Dans le carnet de la fille Bra, on a trouvé deux fois la mention : *A bu l'eau de Charles.* Charles était le père Bra. Les deux personnes qui ont bu sont sa mère et vous. Et sa mère, sans doute l'ignorez-vous, a rajeuni de cinquante ans en quelques années.

Non, j'avais compris, en découvrant la photo du journal. Compris et oublié. L'autre poursuit :

– Que se serait-il passé si sa fille ne l'avait pas poignardée à mort ? C'est un mystère. Vous avez toujours envie de partir ?

J'ai repris ma place, avec la tête d'un homme à qui son médecin traitant vient d'apprendre qu'il lui reste six mois à vivre. J'aurais dû être sur mes gardes. Me méfier d'un végétarien qui ne boit que de l'eau et que n'émeuvent pas la profonde robe rouge sombre, l'arôme musqué d'un verre de crozes hermitage. Sans doute a-t-il flairé le cas rarissime dont rêve tout chercheur, l'individu au métabolisme déviant qui déroute les statistiques et excite le tératologue.

Muet sur ma chaise un long moment, j'ai repassé dans ma tête le film des événements. Knickholz a respecté mon silence. Il m'a conduit, à travers un dédale de couloirs tous plus sinistres les uns que les autres, dans une pièce aveugle, aux murs uniformément blancs, et m'a présenté une jeune femme en blouse bleue.

– Docteur Denise Bréchet. Le docteur va vous prendre en main.

On l'aura remarqué, j'aime assez être pris en main. Surtout quand elle est blanche et douce. Mais Denise, sa spécialité, c'est l'iridologie. Elle m'invite à m'asseoir devant un appareil qui grossit des milliers de fois la surface de la rétine et peut en photographier à cette échelle des zones choisies. La vérité par les yeux. Les clichés réalisés sont aussitôt remis au chercheur.

– Excellent, dit celui-ci. Vous allez voir, cher monsieur Jouve, que la criminologie peut servir au-delà du crime. Nous allons faxer ces éléments au service de médecine légale de l'université de Montréal. Et je vous fiche mon billet qu'ils vont se manifester avant dix minutes !

Un quart d'heure s'écoule, je commence à rire sous cape, mais non, le voilà qui revient, triomphant.

– C'est tout de même extraordinaire, le temps qu'on peut gagner avec ces foutues bécanes ! L'analyse par ordinateur de ces clichés nous apprend qu'à l'heure où je vous parle, monsieur Jouve, vous avez trente-huit ans. Il s'agit de votre âge biologique, naturellement.

J'accuse le coup.

– Si c'est une plaisanterie, elle est de mauvais goût.

– Pas du tout, c'est tout ce qu'il y a de sérieux. Bien sûr, la marge d'erreur nous oblige à relativiser. Elle est de plus ou moins trois. Nous comptons en années. Bref, la machine vous situe entre trente-cinq et quarante-et-un ans. C'est clair, le processus est en route.

On repart donc pour un tour. Ce que Ruud vient de m'annoncer m'a mis dans un tel état d'accablement que je suis le mouvement sans résister. D'autres examens sont nécessaires. Ce charmant garçon n'arrête pas de s'excuser des désagréments qu'il me cause, mais il poursuit sur cette voie. Voilà qu'il lui faut quelques prélèvements : sang, urine, glaires, cheveux, peau. Juste un minuscule tégument pris sur la cuisse, ça se reconstitue très vite, m'assure-t-il. S'il pouvait, il me volerait une larme. Du reste, il manque une pièce à la panoplie, comment n'y ai-je pas pensé plus tôt ?

– Je ne vois pas.

Je vois très bien où il veut en venir.

– Excusez-moi, c'est un peu délicat, mais pour être complet, il nous faudrait deux, trois gouttes de sperme. Vous pouvez refuser, au risque de fausser les données.

Une fille de salle en blouse rose me conduit dans un bureau sans fenêtre, agrémenté d'un fauteuil, d'une petite table et d'un miroir pour approfondir. Une capote trône sur une pile de revues de sexe, apparemment très pratiquées.

– Je m'appelle Véronique, dit-elle en me dévisageant de biais. Je repasse dans un moment.

En feuilletant l'un de ces torchons, je tombe sur la confession d'un ecclésiastique souffreteux qui raconte avec force détails le drame caché de sa continence et

comment le diable le tente. On frappe, la porte s'entre-
bâille, Véronique est de retour.

– Mais... vous n'avez rien fait !

C'est la stricte vérité, il ne s'est rien passé entre moi
et moi. Je cherche une explication.

– Vous savez, au-delà d'un certain âge, il n'est pas
facile de démarrer à froid, et seul.

La jeune fille n'est pas spécialement jolie, mais
compréhensive et serviable. Elle déboutonne ma
braguette tandis que je lui retire son horrible blouse.
Ses seins valent tous les magazines du monde, où je
plonge comme un jeune homme. Très vite en posture
d'être couvert, j'invite mon assistante du moment à
s'agenouiller dans le fauteuil – Véronique ne met pas
deux heures à se tourner derrière devant – et m'acquitte
sans état d'âme de mon devoir médical, au nom de
l'intérêt supérieur de la science et à la satisfaction
commune des parties en présence.

12

Dormi comme une masse cette nuit-là. L'impression
persiste, d'avoir été violé par l'INSERM et son mer-
cenaire québécois. Ils m'ont tout pris, jusqu'à ma
semence, vont pouvoir décoder à l'infini les signes de
mon inversion, ce dévieillissement pathologique qui en
s'accélérant va précipiter ma perte.

Il n'y a que l'âme qui ne soit pas prélevable par
fragments, elle seule échappe à leur traque. Le cas
René Jouve, thèse. Je vois d'ici la prose du criminaliste

canadien : le coma régénérateur, comme on parle de sommeil réparateur. Les aiguilles d'une montre qui tournent en sens inverse, voilà mon destin. Et maigre est la plantureuse consolation des fesses de Véronique.

Je me suis réveillé tard, mes femmes sont à leurs postes respectifs, l'une au lycée, l'autre au siège de sa compagnie. J'ai passé un moment sur le balcon pour observer les toits à l'entour. Le calme ici ne me surprend plus. Il arrive si peu de choses dans le haut de la rue Taitbout. Un passant et son chien, monsieur Morel qui tourne autour de sa voiture pour vérifier que personne ne l'a abîmée cette nuit, le concierge du 73 qui entre *Chez Maurice,* le bar-tabac du coin. Une belle journée s'annonce, le revêtement de plomb sous mes pieds nus est déjà tiède. Le couple de pies que nous observons souvent, Ève et moi, décrit dans ses évolutions (tout utilitaires, pourtant) des courbes gracieuses que je connais par cœur. J'aimerais savoir écrire dans l'espace en pleins et en déliés comme un danseur calligraphe dont le saut ultime serait un paraphe. Il m'arrive, quand je suis seul, de bondir, de toucher le plafond, – il est haut dans ces vieux immeubles –, comme je faisais autrefois, jeune homme.

Je rentre, referme la fenêtre, m'assieds à ma table de travail. *L'Ingénieur du silence* est en panne, le silence a tout envahi, dans ma tête et autour. La journée d'hier m'a coupé l'envie d'écrire, d'imaginer la suite. Du reste, Anne, qui m'a déjà bousillé la machine à silence par ses commentaires ironiques, s'est aussi attaquée au néantiseur, ma dernière invention. J'avais conçu, dans le même ordre d'idées, un appareil qui retire l'être aux choses. Ce n'était pourtant pas donné au premier venu.

– Mon pauvre René, me dit-elle, tu te casses la tête pour rien. Cette machine existe déjà.

– Ah bon. Et c'est quoi ? La bombe atomique ?

– Il y a beaucoup plus simple, comme néantiseur. Tu ne vois pas ?

J'avais beau chercher, je ne voyais pas.

– La télé, pardi !

Imparable. Pour le coup, j'ai décommandé mon étudiante anglaise. Pas d'humeur à converser dans le vide. Pourquoi ai-je pensé au Hasselblad ? Pour remuer le couteau dans la plaie, sans doute. Mon anniversaire est dans cinq mois, mais je brûle de me tirer le portrait, et en grand, pour mettre le test d'iridologie à l'épreuve de la photographie. C'est bien la première fois que je déroge à la sacro-sainte règle de la photo annuelle.

À peine sec, le doute n'est plus permis. Dans la galerie, le Jouve qui me ressemble le plus est celui de 1985, j'avais juste quarante ans. Le diagnostic du Canadien est confirmé. Ils sont forts, ses amis de Montréal.

Le soir, nous nous sommes retrouvés en tête à tête, Anne et moi. Ève fête l'anniversaire d'une copine. Je lui ai tout raconté. Ou presque. La prise de sperme lui reste en travers de la gorge.

– Pourquoi tu ne m'as pas appelée ?

– Réfléchis un peu, nous aurions été ridicules. La plupart des types font ça seuls.

– Toi, il te fallait une fille !

Je hausse les épaules comme un gamin pris en faute, veux la prendre dans mes bras. Elle me repousse.

– Ils disent que j'ai l'âge biologique d'un homme de quarante ans. J'aurais donc perdu cinq ans en quelques mois. Au train où vont les choses, tu pourras repouponner dans pas longtemps.

Anne ne rit pas. Elle me fixe avec une expression de dégoût et de colère impuissante.

– C'est vrai, je vois bien que tu ne cesses pas de rajeunir. Je ne suis plus à la hauteur, il te faudrait une femme en proportion, plus jeune, plus désirable.

Elle éclate en sanglots, se laisse enfin enlacer.

– Nous, c'est donc fini ?

Je cherche à la rassurer. Il y a une limite à tout, ce n'est sans doute qu'un dérèglement passager de mon horloge intime et la médecine est loin d'être une science exacte. Ce n'est pas le moment de lui dire que le processus peut s'aggraver, comme dans le cas de la mère Bra. Je ne veux pas l'angoisser davantage, mais le mal est fait.

13

Ils sont venus me chercher à l'heure du laitier. Un commando de trois hommes. C'est ma femme qui leur a ouvert, je ne les ai pas entendus sonner. On parlemente à l'entrée, ce qui finit de me réveiller. Anne leur dit de m'attendre, elle est inquiète en m'embrassant. J'ai passé un peignoir, ouvert brutalement la porte du salon.

– Il est six heures du matin, messieurs. Puis-je savoir ce qui me vaut l'honneur ?

Je les ai pris pour des flics, et baissé la voix en pensant à Ève qui dort encore.

– Vous êtes de la police, je suppose ?

Le plus jeune des trois, un grand type maigre avec une veste trop courte et démodée, se confond en excuses. Ces gens-là s'excusent tout le temps.

– Non, pas du tout. Je suis le docteur Claude Meyerganz, du Val-de-Grâce. Ces messieurs m'accompagnent. L'INSERM nous a transmis les résultats de vos analyses...

Knickholz et ses amis, j'ai réussi à les oublier. À oublier ma monstrueuse inversion. Cinq semaines se sont passées depuis les prélèvements. Je n'y pense plus, je veux qu'on me fiche la paix avec cette histoire.

– Écoutez, j'ai été très patient jusqu'ici, je me suis prêté à tous les examens possibles et imaginables, mais là, voyez-vous, la mesure est comble. Cela ne m'intéresse plus. Et pourquoi diable ne pas m'avoir envoyé les résultats par la poste ? Il fallait vraiment que vous débarquiez aux aurores me les apporter en délégation ?

Meyerganz est dans ses petits souliers.

– Nous devions vous convaincre d'accepter un séjour en clinique, suite à nos constatations. De nouvelles explorations sont indispensables. Et il vaut mieux être à jeun pour s'y lancer, comprenez-nous.

Je me dirige vers l'entrée, ouvre grand la porte de l'appartement.

– Messieurs, je suis navré, c'est raté, je ne suis pas convaincu. La comédie est finie, je ne joue plus.

Les trois hommes se consultent du regard. À ma grande surprise, ils n'insistent pas. Je referme la porte à double tour derrière eux, satisfait d'avoir pour une fois imposé mon point de vue.

– Tu comprends, si je me laisse faire, cette histoire ne finira jamais.

Anne approuve des deux mains. Je me recouche, mais incapable de trouver le sommeil, je vois défiler devant moi des médecins, des chercheurs, des infirmières, des blouses blanches, roses et grises, des couloirs d'hôpitaux, des salles d'attente, des radios, des scanners.

Anne s'est rendormie. Je me relève, gagné par une inquiétude tenace et la certitude qu'ils vont revenir, m'emmener de force. Ne pas céder à la panique, me dis-je en commençant à empiler des chemises dans un sac de voyage. Nous sommes dans un état de droit, je ne suis coupable de rien et on ne peut pas me soigner contre mon gré. Cause toujours, ils se gêneront. Me soigner de quoi d'abord ? De ma trop belle santé ? Linge de corps, pantalon de rechange, deux pulls, imper et manque, il fait souvent frisquet où je vais, même à la belle saison. Quelques livres, bien sûr, des cassettes, en ce moment je suis dans une période Debussy-Britten, mes notes sur *l'Ingénieur du silence* et basta.

Comme nous sommes à quelques jours d'une période de vacances, Anne et Ève me rejoindront à Granville, où l'oncle Pierre sera ravi de nous recevoir dans sa maison trop grande pour lui. Je dépose un mot sur la table de la cuisine sans faire allusion à la visite matinale de mes ennemis, qu'Ève ignore. Je sors à pas de loup, pas de bruit, éviter de claquer la porte. Personne dans l'escalier. La rue est déserte, sept heures tapantes. *Chez Maurice,* comme tous les jours, excepté le dimanche, la femme du patron lève le rideau de fer. Elle me fixe avec des yeux effarés de vache.

– Par exemple, monsieur Jouve ! Je vous savais pas si matin. C'est bien la première fois, non ?

– Possible, j'ai un train à prendre. Je peux avoir un p'tit crème ?

Elle se tourne vers le bar et crie :

– Maurice, fais marcher un p'tit crème pour monsieur Jouve !

La tête du patron, suivie du torse, apparaît lentement. Il remonte de la cave par le monte-charge.

– Hier encore, je disais à mon mari : ah, monsieur Jouve, quand je le vois passer dans la rue avec son allure d'éternel jeune homme ! Vous êtes un cas, vous. Madame Roger, vot' gardienne, elle prétend que vous avez au moins cinquante ans. Personne ne veut le croire.

Entrent deux clients, du genre pilier de bar à en juger par leurs trognes. Ils me dispensent de répondre. Eux, c'est par un verre de rouge qu'ils commencent la journée. J'avale mon café crème brûlant, et sans croissant. Le boulanger ne passe qu'à huit heures. Maurice grille sa première cigarette sur le pas de la porte. Il appelle sa femme :

– Viens voir ça ! Y a du remue-ménage ce matin. C'est peut-être un suicide ?

Je m'approche. Les trois hommes qui entrent dans l'immeuble, je les ai reconnus au premier regard. Ils ont cherché du renfort. Une ambulance avec deux infirmiers plus un véhicule de police et ses trois gardiens en tenue. Si je compte bien, ils se sont mis à huit pour appréhender le dangereux forcené de la rue Taitbout et son allure d'éternel jeune homme.

Dès le commando disparu dans l'immeuble, je suis descendu d'un pas raisonnable de citoyen tranquille vers la station de métro. Vingt minutes plus tard, gare Saint-Lazare, je saute dans le premier train pour Dreux, où j'attendrai celui de Granville. Mettre un maximum de kilomètres entre moi et mes dévoués persécuteurs est pour l'heure ma seule préoccupation.

À huit, en comptant les cognes. Quelle bande de tarés ! Pourquoi pas la camisole de force ?

Ce n'est que quand le convoi s'est ébranlé que je me suis senti soulagé. Pas longtemps. En remâchant les événements du matin, j'ai repensé au mot laissé sur la table de la cuisine. Ils auront fouillé l'appartement, trouvé le billet, interrogé Anne sur l'oncle Pierre. Ils connaissent ma destination. Peut-être même la fine équipe est-elle dans le train, à visiter chaque compartiment. Non, j'avais trop d'avance sur eux. Et je lis sur le visage du contrôleur l'absence de policiers.

« Monsieur Jouve, si voulez bien nous suivre. » Je les entends déjà. Mais quand nous arrivons à Dreux, je n'en vois pas sur le quai. Méfiance, ils sont peut-être en civil ? Je m'installe au buffet, le train de Granville est dans cinquante minutes, mais à quoi bon ? Ils viendront me cueillir chez l'oncle. La lecture du journal m'apprend que le monde ne rajeunit pas, il n'y a que le passage des saisons et son jeune printemps qui fassent illusion.

Dix heures sept, le train est à l'heure. Je ne me précipite pas, j'observe caché derrière un rideau les voyageurs qui descendent. Et je fais bien : monsieur Meyerganz, posté à l'entrée du wagon, se penche pour inspecter les quais, la mine rigolarde. La petite équipe a l'air de bien s'amuser à me courir après. Tant mieux, je m'en voudrais de leur gâcher le plaisir, mais tandis que ces messieurs continuent sur Granville (j'imagine déjà la tête de l'oncle Pierre quand ils débarqueront chez lui, pourvu qu'il ne décroche pas son fusil), je rentre à Paris.

J'ai hésité jusque dans le taxi. Finalement j'ai dit au chauffeur :

– Hôpital du Val-de-Grâce, je vous prie.

Dans le hall, avant de me présenter aux admissions, j'ai téléphoné à la maison. C'est Ève qui décroche, tout excitée. Elle a eu seize en dissertation. Bravo. Je te passe maman. Anne s'étonne de mon revirement et m'apprend que Pierre suit une cure à Vichy.

TROISIÈME PARTIE

PAVILLON D

14

La nuit me fixait de son œil unique.

Peut-être ce point rouge obsédant posé sur moi n'était-il que l'organe d'un prédateur borgne, loup, hibou, dont la prunelle brasillait dans l'obscurité comme un rubis spinelle où se serait tenu un conclave de flammes lascives.

Puis le point se fit pointe, la pointe d'un fer chauffé au rouge, et cette douleur térébrante courut d'une tempe à l'autre, le supplice était sûr, comme le pire, et pourquoi le monde s'obstinait-il à rester vide de sens ?

Un peu plus tard dans la nuit, je vis rougeoyer dans le noir, toujours en hauteur à droite de mon lit, le bout incandescent d'un cigare sur lequel s'évertuait une bouche invisible, et dont je crus sentir l'arôme caraïbe. Quand les premières lueurs de l'aube éveillèrent un semblant de clarté derrière la fenêtre au rideau tiré, je distinguai le fumeur. L'homme était jeune, barbu, visage anguleux et menton pointu, les yeux très enfoncés dans les orbites, vêtu avec recherche d'un complet gris à rayures sombres, gilet de soie assorti, chemise claire au col entrouvert, bottines noires brillantes à boucles dorées. Il me regardait en souriant, d'un air qui me sembla connu. Je ne sais comment, le point rouge dans un crépitement de braises quitta soudain le havane éteint pour venir étinceler dans l'œil gauche du personnage, lui conférant à cet instant une apparence de démon.

Au petit matin, le point rouge avait perdu de son éclat et n'était plus que la veilleuse d'un poste de télévision sous tension, installé dans la chambre 45, au quatrième et dernier étage du pavillon D.

Quand la veille, je m'étais présenté à la réception du Val-de-Grâce, on ne m'avait pas admis. Mon nom ne figurait ni sur le registre, en principe réservé aux militaires, ni sur l'ordinateur central qu'une demoiselle en uniforme avait bien voulu consulter. J'étais sur le point de rentrer rue Taitbout en me persuadant qu'il fallait ranger mon périple du matin à la rubrique des mauvais rêves, quand un haut gradé aussi étonné que moi et qui passait là par hasard entendit épeler mon nom et stoppa net sa martiale déambulation qu'une longue et glorieuse carrière de soldat avait rendue quelque peu mécanique.

Le colonel Yvert s'empara de ma personne en toute urbanité et me conduisit sur-le-champ dans le bureau du médecin-général Jacquemin de Ladrière, le maître des lieux.

– Monsieur Jouve, ça par exemple ! Quand je pense que nous vous courons après depuis l'aurore et qu'un détachement de trois hommes a même fait le déplacement jusqu'à Granville ! Enfin, la sagesse l'a emporté, vous voilà dans nos murs, c'est l'essentiel.

Il se tourna vers Yvert, lui demanda de fermer la double porte matelassée qui communiquait avec son secrétariat d'où s'échappait un assez joli gazouillis de jeune fille au téléphone, et me fit signe de m'asseoir. Je pris place dans un profond fauteuil de cuir qui couinait à chaque mouvement tandis que le colonel se carra sur une chaise. Le général exhiba un dossier avec mon nom sur la couverture, assorti d'un tampon SECRET DÉFENSE.

– Oui, monsieur Jouve, secret défense, vous avez bien lu. Si vous ne vous étiez pas rendu, je veux dire, si vous n'étiez pas venu à nous de votre propre chef, vous seriez à l'heure qu'il est l'homme le plus recherché du pays ! On verrait votre portrait dans toutes les gendarmeries. Amusant, non ?

Très, vraiment. Comme si j'avais la moindre envie de rire dans ma situation ! Que ma modeste personne intéressât la Défense nationale m'inquiétait plutôt, mais je laissai le général poursuivre.

– Les responsables de l'INSERM, à la suite des examens pratiqués sur vous, sont arrivés à la conclusion que vous êtes un cas rarissime, sinon unique, de… (il attrapa dans la chemise, pour la consulter, une note dactylographiée) chronomutation génétique inverse, laquelle n'a été observée jusqu'ici que sur de rares organismes vivants inférieurs, jamais sur des mammifères.

Quel soulagement de pouvoir enfin donner un nom scientifique au mal (est-ce le mot ?) qui me frappait !

– Chronomutation génétique inverse, voilà qui pose son homme ! Le diagnostic établi, puis-je connaître, mon général, le pronostic ?

Jacquemin de Ladrière eut un geste désolé, imité par son subordonné.

– Qu'en pensez-vous, Yvert ?

– Difficile de prévoir avec certitude comment les choses vont se passer, dit le colonel. La régression n'est pas uniforme, nous ne pourrons formuler des hypothèses qu'après une période d'observation. Voilà, du reste, pourquoi vous êtes ici, Jouve.

69

J'avais compris, merci. Le général insista.

– Vous serez le fleuron, non seulement de notre établissement, mais – j'ose le dire – de toute la recherche militaire française. C'est un honneur, j'estime. Et une lourde responsabilité. Sans une véritable coopération de votre part, franche, déterminée, loyale, nous n'arriverons à rien, vous en êtes conscient ?

Ces militaires, tout de suite les grands mots ! Je voulais bien collaborer quelque temps, mais ma loyauté aurait des limites.

– Le colonel Yvert sera votre personne-ressource, et personnellement responsable de votre bien-être. Vous disposerez de tout le confort. Du reste, un pavillon entier vous est réservé.

– Non, mon général, corrigea Yvert visiblement agacé par les sous-entendus de son supérieur, un étage du pavillon. Cela fait déjà pas mal d'espace.

15

De fait, les chambres sont spacieuses, elles devaient abriter trois ou quatre patients avant que l'étage ne fût réquisitionné pour le seul René Jouve, cas rarissime et, on ne le dira jamais assez, champion du monde incontesté de chronomutation génétique inverse.

Un lit de fer, étroit et spartiate, un placard, une commode, un bureau disposé sous la fenêtre munie d'épais barreaux (je n'ai pourtant pas l'intention, vivant la palpitante expérience d'un retour de jeunesse, d'abréger les choses), trois chaises, un canapé d'angle et un fauteuil pour regarder la télévision, voilà pour l'ameublement. Une forte odeur de peinture flotte encore dans la pièce et la salle de douche qui la jouxte. Pourtant, en y regardant de près, je ne vois que des raccords et des retouches. Le téléphone, m'assure-t-on, va être installé dans les jours à venir.

Des autres pièces de l'étage, une seule est fermée à clef. La plupart sont vides, leurs fenêtres toutes grillagées ou pourvues de solides barreaux. On est en train d'aménager la plus vaste pour la transformer en salle de gymnastique. Tout l'étage est à ma disposition, mais pour l'instant j'y suis consigné : il faut un passe magnétique pour accéder à l'ascenseur comme pour emprunter les escaliers. Fait comme un rat, je suis, les expériences vont pouvoir commencer.

– Vous exagérez, vous voyez tout en noir, me dit le médecin-colonel Yvert. Nous devons vous protéger, et d'abord de la presse.

Je suis certes couvert par le secret défense, mais la moindre fuite m'exposerait à coup sûr à la ruée des journalistes. Me devinant sceptique, le colonel s'enflamme.

– Mais enfin, Jouve, vous savez comme moi, que ces gens sont prêts à tout pour obtenir une photo ou une déclaration ! Vous vous rendez compte, vous êtes un cas unique dans les annales de la médecine. Notre établissement serait assiégé jour et nuit.

Argument imparable. Je vois déjà les titres en première page : UN CAS DE RAJEUNISSEMENT PATHOLOGIQUE AU VAL-DE-GRÂCE – LE MYSTÉRIEUX PATIENT DU PAVILLON D – JOUVE COMME JOUVENCE – 20 ANS DE MOINS : IL PERD LES ANNÉES COMME D'AUTRES PERDENT DES KILOS !

J'ai eu droit à une visite d'Anne. Elle semble bouleversée, regarde autour d'elle comme une enfant qui découvre un milieu hostile et menaçant. M'embrasse longuement sans un mot. Elle explose soudain.

– René, je ne te comprends pas. Tu n'es pas malade, encore moins contagieux. Et on te met en quarantaine dans un hôpital militaire, une vraie forteresse ! Mais révolte-toi, bon sang. Tu avais tout le temps de leur fausser compagnie et tu viens te livrer comme un coupable.

Je ne peux que lui donner raison. Je n'ai pas l'étoffe d'un héros ni d'un meneur d'homme. Fonctionnaire bien noté à la radio, j'étais soucieux de l'excellence de mon travail, respectueux de la hiérarchie et apprécié des producteurs. Cette forme subtile d'allégeance vous marque à vie. Anne, par tempérament, est un esprit contestataire. Du reste, comme le dit ma belle-sœur en pensant à mon frère autant qu'à moi, chez les Jouve, ce sont les femmes qui portent la culotte. Cela se vérifie, elle ne réagirait pas comme moi, elle ferait de la résistance.

Je sens bien que je la déçois, et plus encore à quel point elle s'inquiète. Quand il a fallu nous quitter, elle m'a serré dans ses bras avec une véhémence inaccoutumée. À la maison, avant de se coucher, Anne a l'habitude – les vieux couples ! – de me poser sur le front un baiser distrait, comme on éteint une lumière en sortant. Là, en revanche, quelle passion, quelle peur panique ! Je serais donc condamné ?

Yvert a dîné avec moi dans la chambre à côté de la mienne, transformée en salle à manger. Un repas de traiteur, nappe blanche, couverts en argent, croustades de Saint-Jacques, aiguillettes de canard, sorbets, le tout arrosé d'un excellent margaux 90. Rien à voir avec les fades nourritures d'hôpital. La personne-ressource, comme la nommait de Ladrière, est décidément pleine de sollicitude. Nous étions servis par une jeune recrue en uniforme, à jupe plissée, mais courte. Elle répond au doux nom de Camille. Le colonel m'observe à la dérobée lorgnant les appétissantes gambettes de cette demoiselle. Je suppose que l'expérimentation a déjà commencé.

– Extinction des feux à vingt-deux heures tapantes, dit le médecin en prenant congé.

Le vin lui a coloré la face. Il ajoute, gaillard, avec un regard appuyé en direction de Camille :

– La petite finit son service à minuit.

Peut-être un message codé, mais le sourire entendu du militaire me glace. De retour dans ma chambre, j'ai allumé la télévision. Un rapide tour dans les programmes, néant gratuit partout et pour tous : j'éteins. Trop fatigué même pour le n'importe quoi. À peine couché, une musique me parvient, un air de violon, consolation du noir. L'ingénieur du son a détecté une chaconne de Bach.

16

Quatre jours déjà qu'interné au pavillon D, j'arpente le long couloir du quatrième étage. Il faut dire que comme ancien de la maison ronde, je m'y connais, question couloirs. Les salariés de Radio-France en mangent des kilomètres à longueur de journée, et il n'est pas rare qu'un tel, incidemment venu pour la promotion d'un livre ou d'un disque, s'y perde. On raconte qu'un homme politique important y erra plusieurs jours avant de trouver la sortie, au point que sa disparition émut deux, trois chroniqueurs en mal de nécro et que l'un d'entre eux, plus impatient que les autres, poussa le ridicule jusqu'à faire paraître son papier avant l'annonce officielle du décès.

J'ai visité toutes les chambres, deux d'entre elles ont vue sur le terrain de sport, qui sert aussi d'aire d'atterrissage pour les hélicoptères. Avec l'accord du colonel Yvert, lui-même amateur de tennis, je descends l'après-midi me joindre aux sportifs du Val-de-Grâce qui s'entraînent à la fin de leur service. On pratique le basket, le handball (lycéen, j'excellais dans cette discipline), le volley, plus rarement le tennis, car la place est limitée et les sports collectifs ont la priorité. Je touche à tout, les infirmiers et aides soignants de l'hôpital n'ont jamais vu patient plus en forme et plus acharné à se dépenser. Pour un homme de trente-cinq ans – c'est l'âge qu'on me prête et que, d'un commun accord avec les médecins, je déclare à qui me pose la question –, je serais increvable. Plus curieux, mais cela ne m'inquiète même pas, je m'amuse et me pique au jeu comme un gamin. Cette manière de régression psychique est parfaitement assortie au tableau clinique.

Bien sûr, le matin, je ne coupe pas au protocole des examens et prélèvements. Mon corps plaît à la science, il est sans doute l'un des plus étudiés de la planète ; peut-être finira-t-on par découvrir ce gène fabuleux qui contrarie celui du vieillissement et fait de moi un vivant paradoxe chronologique.

Bref, claustration luxueuse pour cas pathologique extrême, traité comme un coq en pâte. Nourritures de choix, l'appétit va, transit exemplaire, réglé comme une horloge. Avant dîner, une séance de massage s'impose.

On a délégué pour cette tâche le sergent Roche. Je glisse au médecin-colonel que, détestant être touché par des mains viriles, j'aurais préféré une femme.

– Mais Jouve, c'est une femme ! s'exclame Yvert, hilare. Vous la connaissez, du reste. Elle s'appelle Camille.

Je n'ai rien dit. Le sergent est divine dans l'art de la manipulation des corps. Les gémissements de bien-être qu'elle m'arrache annoncent mieux.

Il n'y a que le soir que les choses se gâtent, que s'éveille cette pointe d'angoisse qui sommeille le jour. L'inversion de ma vie me ronge le cerveau, la question du sens a perdu tout sens pour un homme qui avance à contresens.

Je me suis souvent demandé comment, se découvrant en train de rajeunir, aurait réagi à ma place un homme ordinaire, un homme normal, je veux dire quelqu'un qui n'exercerait pas un métier aussi rare que le mien – ils sont quelques centaines en France à tout casser, les ingénieurs du son – et que n'aurait pas assommé le soudain foudroiement d'une électrocution. Il eût refusé, à coup sûr, cette chape médicale qui m'est tombée dessus et que j'accepte avec tant de facilité, de lâcheté même, comme doit le penser ma femme. Ce n'est pas lui que l'on trouverait déambulant au Val-de-Grâce dans un couloir du pavillon D, dévoué à la recherche scientifique comme un vulgaire cobaye.

Cet homme se contenterait sans doute de mordre dans la vie avec un appétit renouvelé, et profiterait de sa jeunesse retrouvée pour accomplir les prouesses que les aléas de l'existence lui avaient jusqu'alors interdites. Du salarié exemplaire surgirait peut-être une furibonde figure de contestataire, le casanier enverrait promener ses charentaises et filerait aux tropiques, le mari fidèle, le bon père de famille planterait épouse et marmots pour entamer une carrière d'implacable séducteur.

Moi, – manque d'esprit de compétition ? –, je n'ai jamais regretté les femmes que je n'ai pas eues, j'ai voyagé avec modération, secrètement ravi quand venait le moment de rentrer à la maison, et dans mon métier la musique m'importait tellement plus que la hiérarchie ! Au fond, il n'y a dans mon attitude présente nulle démission ni soumission, elle ressemble trop à ce que je suis : fût-il du son, l'ingénieur n'est pas seulement un technicien, il est aussi un homme de science et j'ai toujours, avant tout, passionnément, voulu comprendre ce qui m'arrivait. En acceptant ma réclusion au Val-de-Grâce et en me prêtant sans rechigner aux laborieuses expérimentations des généticiens et autres chercheurs penchés sur mon cas, je ne fais que répondre à cet ancien, profond désir de savoir, qui est en moi depuis mon plus jeune âge. De savoir qui est en moi ou qui je suis.

17

Deux découvertes, ces derniers jours. La musique qu'il m'arrive d'entendre quand je déambule dans le couloir, provient, j'aurais dû y penser, de la Schola cantorum, dont le jardin jouxte l'angle nord-ouest du pavillon. La fenêtre de l'une des chambres, en fait la plus éloignée de la mienne, a vue sur une salle d'études qui semble ne servir qu'à certains moments de la journée et pour un seul type d'instrument, le violon, mon préféré. En revanche, les élèves qui s'y succèdent et dont la plupart ont dépassé vingt ans, sont tous d'un excellent niveau.

Souvent, voyeur acoustique, je viens m'asseoir sur les coups de cinq heures à cette fenêtre pour un petit concert privé. Je distingue parfaitement le visage de la violoniste, la tache brune sur la partie gauche du cou, une trace des longues heures d'exercice. J'aime cette façon qu'elle a de coincer le violon entre épaule et menton ; sa manière, sérieuse et concentrée, d'appeler à elle toute son énergie, l'archet en l'air, juste avant l'attaque.

Elle travaille d'abord une pièce de Sarasate, virtuose et périlleuse. Son professeur l'interrompt rarement. Je ne l'ai vue qu'une fois, elle s'est approchée de la jeune fille pour lui indiquer une position compliquée des doigts. Je la devine calme, attentive et patiente. Au-delà de la musique, ce qui se passe entre ces deux femmes est très beau. Puis, mon interprète attaque une danse roumaine de Bartók que je connais bien. Pause, long silence, échange entre le maître et l'élève, elle rejoue la pièce, avec la même intense gravité. Je ne sais pourquoi, la répétition du motif me conduit, les larmes aux yeux, à cet état mental proche de la béatitude qui me donne l'illusion de pouvoir quitter mon enveloppe charnelle pour flotter à mi-chemin de l'autre monde.

Il y a longtemps, six ans, peut-être sept, j'officiais à Montpellier. Comme tous les soirs, France-Musique retransmettait en direct un concert du festival. Je dirigeais la mise en ondes. Ida Salomon, une fameuse violoniste hongroise, avait joué, magnifiquement, le *Concerto à la mémoire d'un ange*. On sait que Berg composa son chef-d'œuvre à la suite de la disparition à dix-huit ans d'une jeune fille de sa connaissance. Sa musique n'est pas autre chose qu'une tentative de parler avec la morte. De l'écouter parler une dernière fois. Il faut être sourd pour ne pas l'entendre. Certaines œuvres créent dans l'espace où elles se déploient une sorte de no man's land où les rêveries des humains se mêlent à celles des anges.

Anne et Ève, qui n'assistaient pas à l'enregistrement, l'avaient suivi à la radio. On s'était donné rendez-vous après le concert dans un restaurant de la vieille ville, le *Cercle des anges*, plaisante coïncidence. Dans l'état d'heureuse distraction où m'avait mis cette mémorable soirée, encore plongé dans l'extase musicale, je n'aperçus pas tout de suite les miens, assis un peu en retrait. Ma femme me fit signe.

– Tu as la tête ailleurs, dit-elle en me fixant avec un sourire amusé. Il suffit de te regarder pour savoir comment s'est passé le concert. Quand tu es arrivé, tu avais l'air, oui, transfiguré.

Ève demanda ce que voulait dire transfiguré. N'étant pas sûr de pouvoir lui répondre, j'en laissai le soin à sa mère.

À une autre table, je vis Ida Salomon, son imprésario de mari, et le jeune chef Amok Gurdjj. Étonné de les voir déjà à pied d'œuvre – une voiture du festival les avait déposés –, je me levai pour les saluer. La violoniste, affamée, faisait honneur à un plat de charcuterie dont elle engloutissait des tranches entières. Pour m'éviter d'avoir à serrer ses doigts maculés de graisse, elle me tendit son poignet où brillait un lourd bracelet d'or massif. C'en était fini des anges et du sortilège musical, nous étions à nouveau parmi les hommes. Je m'avisai que, moi aussi, j'avais faim.

En face, la jeune élève de la Schola cantorum range son violon. Dommage, le récital est fini. Quand elle relève la tête, elle esquisse un sourire à mon intention. Elle m'a donc aperçu derrière les barreaux ? J'ai du mal à le croire. Et pourtant, pour dissiper tout malentendu, elle agite doucement la main en direction du pavillon D avant de s'en aller.

Il manque un barreau, ce qui me permet de passer la tête et d'observer ce côté du bâtiment. Je m'en doutais : ce n'est pas moi que saluait la violoniste, mais deux vieillards, dont les crânes dégarnis sont penchés à une fenêtre du troisième (il n'y a pas de barreaux à cet étage). Comme moi, ils ont assisté à la leçon, je les appelle. Ils n'entendent pas. Plus fort, cette fois ils réagissent. Juste le temps d'entrevoir, levés vers moi, deux petits visages ridés, chiffonnés, apeurés, et les voilà qui reculent, disparaissent dans leur chambre.

C'est curieux, personne ne m'a jamais parlé de résidents âgés au pavillon D. Interrogé, le médecin-colonel élude la question d'un geste évasif, comme il le fait toujours quand je m'aventure sur un terrain embarrassant. Mes partenaires sportifs ne sont pas plus loquaces, ils ne savent rien et les ordres sont les ordres, mais j'ai du mal à imaginer mes petits vieux couverts par le secret défense.

Camille peut-être ? Elle aime la conversation, et nos séances de massage ne sont pas spécialement silencieuses. Je dis *nos,* car elles ont vite tourné au tendre corps à corps quand j'ai découvert qu'elle ne porte rien sous sa blouse blanche, que la douceur de sa peau est à damner un saint et, bon Dieu, rappelez-vous que je suis un homme de trente ans bouillonnant de vie et de sève ! Je me demande du reste si le sergent Roche ne fait pas partie du protocole d'expérimentation.

Je n'ai pas eu à la cuisiner longtemps pour apprendre ce que j'aurais aimé ne jamais savoir. Il n'y a personne du troisième âge au troisième étage. Ce que j'ai pris pour des figures ridées de vieillards n'était que des frimousses d'enfants condamnés, dès la naissance et sans rémission, à un vieillissement monstrueux, qui limite leur espérance de vie à seize, dix-sept ans. Par une étrange logique, leur horloge intime est, elle aussi, détraquée, mais en sens inverse de la mienne.

18

Soixante kilos sur la balance ce matin, dix de perdus en quelques mois. Je ne comprends pas, je n'ai pas l'impression d'avoir cédé un gramme, l'appétit va comme jamais, une forme physique que m'envie le personnel soignant dont je partage les séances de sport, silhouette inchangée au miroir quand je tente d'y lire les transformations que je subis. Je rajeunis, je m'allège sans maigrir. Les médecins sont aussi effarés que moi, dépassés pour tout dire, d'autant plus qu'à force d'entraînement, la masse musculaire s'est visiblement accrue, tandis que l'osseuse reste stable.

Est-ce à cette forme d'allégement pathologique que je dois mes performances saltatoires ? Le bondissant René épate partenaires et adversaires. Au basket, je m'élève sans effort au-dessus de la défense et dépose le ballon dans le panier comme si je mesurais deux mètres ; au hand, je tire en extension à dix mètres et atterris dans le but, ou peu s'en faut. Une balle s'envole dans l'arrière-cour d'un immeuble qui donne sur la rue Claude-Bernard, je grimpe – en deux temps, à la façon des joueurs de pelote basque qui prennent appui sur la paroi – sans réfléchir et sans élan sur le mur de trois mètres cinquante qui entoure le terrain, un rétablissement, je saute dans la cour, me reçois sans dommage, et retour par le même chemin. Les deux équipes se sont arrêtées de jouer, l'adverse méductée, mes partenaires écœurés.

À part l'actualité sportive, rien de neuf à signaler. Les observations se poursuivent à un rythme assez relâché (les chercheurs, bredouilles, auraient-ils perdu la foi?) et, de toute façon, personne n'a jugé bon de me communiquer les résultats. Il y a quelques jours, une ambulance précédée de motards m'a conduit incognito, le visage bandé comme un grand brûlé, à l'hôpital Beaujon, récemment doté d'une installation à résonance magnétique de la toute dernière génération. L'image, m'a-t-on dit, est restée désespérément muette.

Anne est passée me voir plusieurs fois, elle semble s'être fait une raison, ne me reproche plus de suivre le mouvement comme tout le monde. L'apathie générale qui suinte des murs du pavillon a peut-être fini par déteindre sur elle. Quand elle peut, Ève l'accompagne. La jeune fille commence à prendre le pas sur la petite fille pas très censurée et qui n'avait pas refoulé, aux premiers signes de dévieillissement, ce cri du cœur :

– Maman, si papa continue à rajeunir, je pourrai peut-être l'épouser quand tu seras morte ?

J'ai fait la connaissance des deux garçons qui habitent au troisième étage. L'aîné, Théo, a quinze ans. Son frère Yann, douze. Ils ont la taille d'enfants de neuf ans, voûtés, rachitiques. Leur peau est parcheminée au point que leurs mains, quand on les tient dans la sienne, ressemblent à de petites grenouilles, froides et desséchées. Le cœur vous serre à regarder leurs figures ridées au front bombé et aux yeux très enfoncés. L'infinie mélancolie qui émane de leurs traits, où domine une sorte de résignation effarée, rend mal à l'aise. Ils semblent même avoir renoncé à reprocher à la nature l'horrible tour qu'elle leur a joué.

Le mal qui les frappe, irrémédiable autant que rarissime, a été décrit en 1904 sous le nom de nanisme sénile. Il porte aujourd'hui le nom savant de progéria. Gériatrie anticipée. Il faut ajouter au tableau clinique de cette maladie familiale un athérome artériel au pronostic implacable. La mort se produit vers seize, dix-sept ans, par étouffement.

Yann et Théo ne sont pas mutiques ni idiots, m'assure l'infirmier qui s'occupe d'eux l'après-midi. Leurs apprentissages sont juste un peu plus lents que la moyenne, et les pauvres n'ont pas beaucoup de temps. Ils savent lire, presque écrire, ils dessinent, font de la musique. Leur passe-temps favori est la belote, je ferai donc le quatrième.

Quoique le syndrome de chronomutation génétique inverse ne soit pas encore clairement établi ni reconnu par l'académie, je suis un monstre comme eux, mais mon sort paraît tellement plus enviable. Quand le démon du jeu s'empare d'eux, ils poussent de petits cris rauques et commentent la partie. Le timbre est guttural, le débit essoufflé, l'articulation déficiente, mais j'arrive à suivre et la paire Yann-Théo n'a pas grand mal à s'imposer sur le tandem hésitant et distrait que je forme avec l'infirmier. Nous exigeons une revanche, persuadés que jouer ralentit le travail de la mort en eux. Ils ne disent pas non, cette sorte de logique transparente et paradoxale que les cartes imposent au hasard comme à l'ordre du monde possède en plus une fascinante vertu d'oubli.

19

J'ai mis la dernière main à mon *Ingénieur du silence*. En dépit d'une trame vaguement policière, il ne s'agit pas vraiment d'une dramatique : on me dira que c'est ingénieux, mais que cela manque d'épaisseur psychologique, de drame. Avec un peu de chance, je serai bon pour l'atelier de création radiophonique, ce qui m'irait assez. Du temps où j'étais de la maison, on y entendait des choses étranges et ravissantes.

J'avais cru, les premiers jours de ma présence au pavillon D, qu'il me serait impossible de finir ma pièce dans ces conditions d'internement (que plus d'un, dans ma situation, qualifierait d'abusif). Et les remarques d'Anne sur mon manuscrit m'avaient ôté toute envie de poursuivre. Rappelez-vous, à l'en croire, le silence mis en ondes, c'était la contradiction même, un casse-tête insoluble. Et pourtant j'y tenais, à cette contradiction, comme à la machine pour la fabriquer.

– Mais raconte-la, ton histoire, dit ma femme. Qu'est-ce qu'un écrivain, sinon quelqu'un qui commence par se taire ?

C'est vrai, comme un peintre ou un compositeur, je suis moi aussi devant ma feuille de papier une manière d'ingénieur du silence. Écrit, voilà le mot tu. Il parle à voix basse et bouche cousue. Pour une fois, l'auditeur devra tendre l'oreille. Cela n'arrive pas si souvent à la radio et lui fera les pieds !

Anne avait raison. En un sens, la littérature est bien une machine à fabriquer du silence. Bien sûr, je n'étais pas écrivain, mais l'occasion fait le larron. Moi, le pas bavard, le taciturne, pour traiter avec le silence, j'avais une longueur d'avance.

Pour être franc, je me soucie assez peu de ce que deviendra ma pièce, Anne la montrera à Jacques qui la montera peut-être. Elle n'a pas épuisé le fond d'angoisse de ma nature, je ne me sens pas vidé non plus. Maintenant qu'elle est achevée, elle ne peut plus m'inciter à rien, ni me protéger du doute, ni masquer la menace.

Le sergent Roche est une adorable servante d'amour. Lors de nos séances quotidiennes et réglementaires de massage, ma Camille me câline à qui mieux mieux, mais la question n'est pas là, inutile de m'étendre sur les effets érotiques de ma cure de jouvence. Je crois bien l'avoir retournée. Elle me raconte par le menu, d'une voix de confessionnal, tous les petits secrets du pavillon D.

Camille voit des micros et des caméras partout. La surveillance dont je suis l'objet serait quasi panoptique. Elle affirme, par exemple, que mes conversations sont enregistrées, mes déplacements filmés, mes faits et gestes consignés dans un rapport top secret qu'une informaticienne du Val-de-Grâce transmet à l'ordinateur central du ministère de la Défense.

Je me doutais bien de quelque chose, sans aller jusqu'à imaginer le médecin-général de Ladrière en personne penché sur le manuscrit de *l'Ingénieur du silence,* tandis que sur le terrain ce baudet de rajeuni esbaudissait partenaires et adversaires de ses cabrioles et autres performances sportives. Ainsi le patron s'intéressait-il à mes petites écritures ! Qu'il fût le premier lecteur de ma pièce ne m'eût pas gêné outre mesure (je lui aurais volontiers confié le texte s'il me l'avait demandé), mais c'était un signe supplémentaire de sa duplicité. Qu'on ne vienne plus me parler de confiance ni de règle du jeu !

Désormais chacun pour soi et d'abord, je n'ai plus envie de jouer.

Décidé à faire comme si de rien n'était, j'ai suivi le mouvement sans protester quand, un beau jour, Yvert m'annonce que je vais passer l'après-midi à l'Institut national des sports pour une série de tests.

– Je vous préviens, me dit le colonel, il y aura des huiles de plusieurs ministères. On essaiera de ne pas les décevoir. Avec la forme que vous tenez, Jouve, je sens que vous allez casser la baraque !

Après un repas léger, on me transfère à l'INS dans la voiture de fonction du général. Le chauffeur ne m'est pas inconnu, il est goal dans l'équipe de hand. Yvert et de Ladrière nous accompagnent, persuadés que le cas René Jouve va laisser leurs supérieurs pantois. On me cajole comme si j'étais un cheval de course avant le Prix de l'Arc de Triomphe.

Les personnalités déjà arrivées forment un groupe sombre de costumes-cravates. Il y a là des directeurs de différents ministères, la Jeunesse et les Sports, la Santé, l'Intérieur, la Défense, des conseillers techniques, même un représentant de Matignon. Plus loin, un autre groupe de purs sportifs en survêtements bariolés joue des biscotos, sautille sur place, s'étire. Il s'agit de jeunes décathloniens en stage à l'INS et de leurs entraîneurs. Je suis présenté aux uns et aux autres comme un athlète de haut niveau effectuant son retour à la compétition après un accident grave qui l'a tenu écarté des stades plusieurs années. Les cravatés ne sont pas dupes.

Un premier cent mètres d'échauffement, c'est la douche froide pour les propriétaires du canasson. Je termine bon dernier en treize secondes deux dixièmes. Mais quoi, pour un homme de mon âge qui n'a jamais pratiqué l'athlétisme en dehors du lycée, c'est loin d'être ridicule. Le chargé de mission du premier ministre, un petit bonhomme gras, rond et bedonnant se bidonne. Il m'énerve celui-là, il faudrait au moins une minute trente secondes pour le rouler comme un tonnelet sur cette distance. La grimace dépitée de mes accompagnateurs m'oblige à les rassurer :

– Ne faites pas cette tête, ce n'était qu'un échauffement, je ne savais même pas que nous étions chronométrés.

Cette fois, c'est sérieux. Je prends un départ canon, donne tout ce que j'ai. Aux soixante mètres, un rapide coup d'œil à gauche et à droite me montre qu'il n'y a personne, j'ai trois ou quatre longueurs d'avance, ce n'est pas le moment d'en faire de trop, je déroule à la manière d'un champion qui, assuré en série d'être qualifié pour la finale, finit en douceur. Il y a même eu un décathlonien sympa pour me battre sur le fil d'une demi-tête. Nous sommes, comme dit la presse spécialisée, crédités du même temps : dix secondes neuf dixièmes, je commence à intéresser ces messieurs.

À la longueur, je n'ai pas d'expérience, que des souvenirs. La plupart des jeunes sportifs piétinent autour des sept mètres, mais l'un d'eux a déjà franchi huit mètres zéro deux. Personne, à mon premier saut, largement mordu, ne s'avise que j'atterris bien après huit mètres.

Tant mieux. Je m'arrange, pour les suivants, à me retrouver entre six mètres cinquante et six mètres quatre-vingts, la longueur de notre salon, rue Taitbout, qui ne passe pas pour être riquiqui.

Au triple saut, qui ne figure pas au menu des décathloniens, je gaffe à mon troisième et dernier essai : planche bonne, premier saut phénoménal, le deuxième excellent, j'ai l'impression de voler, ce n'est qu'au dernier qu'averti du danger, je m'arrange pour traîner les jambes et rater l'atterrissage. Me voilà tout de même largement au-delà des dix-sept mètres, à quelques centimètres du record de France et pas dans la merde.

On mesure et on remesure, on me jauge des pieds à la tête, les jeunes sportifs de haut niveau me regardent d'un drôle d'air : d'où sort ce type que personne ne connaît et qui vous bat un record comme on enfile ses baskets ?

Yvert et de Ladrière se frottent les mains, les huiles ne sont pas venues pour rien. La dernière épreuve au programme est la hauteur. De mon temps, au collège, on sautait en ciseau : passer un mètre cinquante relevait de l'exploit. Il m'est arrivé, jeune homme, de m'essayer au ventral et de progresser ainsi de dix ou quinze centimètres. Les athlètes modernes ont tous adopté la position dorsale, qui a permis au record du monde de passer de deux mètres trente à deux mètres quarante-cinq. Mais elle exige un entraînement particulier qu'il m'est impossible d'improviser. Le médecin-général me suggère d'imiter les athlètes qui, d'une courbe gracieuse, vous effacent une barre de deux mètres comme rien. L'un d'entre eux monte même, sans effort apparent, à deux mètres douze. Je veux bien tenter l'expérience, mais avec la meilleure volonté du monde je ne parviens qu'à retomber sur la barre. Me recevant mal, j'ai bien cru m'être luxé l'épaule. Je me tourne vers de Ladrière :

– Mon général, je déclare forfait.

Le patron du Val-de-Grâce n'insiste pas. Les décath-loniens et leurs entraîneurs prennent congé, ce que je m'apprête à faire aussi. L'homme de Matignon ricane.

– C'est vrai, quoi ! Il serait malencontreux d'abîmer votre perle rare, général.

Ce type a le don de m'énerver. Je demande une barre à deux mètres cinquante. Il rigole :

– Deux mètres cinquante, rien que ça ! Et en ventral, je suppose. Je demande à voir.

Aidé d'un technicien de l'INS, il tient à vérifier lui-même la hauteur et plutôt deux fois qu'une. Oui, en ventral. J'ai encore le schéma corporel en tête, ces choses-là ne s'oublient pas, l'élan, l'appel, le saut, l'enroulement, comme si c'était hier. Mais la barre paraît si haute, inac-cessible. Peut-être la réussite en dorsal vient-elle aussi du fait que l'athlète tourne le dos à la barre et ne la voit plus en sautant ? Il l'efface, avant même de la survoler.

Je me concentre longuement. Un premier essai ne donne rien, je pile au bord du sautoir. Le rire de Mati-gnon m'insupporte, je me tourne vers le coupable qui s'arrête net. Nouvel effort mental, tout est dans la tête, l'élan, l'appel, le saut, l'enroulement. Je m'élance, jeune et léger, je vole, la barre n'a pas frémi.

Yvert et de Ladrière s'embrassent comme si je venais de battre le record du monde. Mais je l'ai battu ! Enfin, à l'entraînement. Heureusement, ça ne compte pas. Ces messieurs des ministères n'en reviennent pas. Ils emporteront avec eux, dans leurs limousines grises ou noires, leur inquiète perplexité. Je sens que le cas Jouve va provoquer une réunion interministérielle.

20

Quel âne, tout de même ! J'étais parti à l'INS, décidé à raser les murs, à me glisser dans une honnête moyenne, à décevoir des militaires qui ne méritent pas ma confiance et voilà que, piqué au vif par quelque minable courtisan du pouvoir en place (minable, mais habile dans l'art de titiller la fibre narcissique de ses interlocuteurs), je leur sors le grand jeu et bats à huis clos des records qui ne peuvent que renforcer les soupçons de tératologie qui pèsent sur mon matricule !

Ils ne me lâcheront plus désormais, j'en ai la certitude.

Vous pensez, un gaillard qui affiche cinquante-cinq ans à l'état civil et vous saute des deux mètres cinquante comme à la parade, et sans nandrolone ni cocaïne s'il vous plaît ! Le Cubain Sotomayor peut aller se rhabiller. Il n'empêche, mon séjour au Val-de-Grâce ressemble de plus en plus à une séquestration, dorée peut-être, mais non moins insupportable. Yvert me disait récemment – était-ce une ruse pour me faire patienter ? – que nous n'étions pas loin du terme, que la période d'observation étant bouclée, ils allaient devoir me renvoyer dans mes foyers. Depuis que Camille a vendu la mèche, j'ai des raisons de douter.

Certes, je suis un monstre plus montrable que d'autres. Ce ne sont pas Théo et Yann qui déplaceraient les gens des ministères. Je me suis remis à la belote avec leur infirmier, un grand type maigre à mâchoire chevaline et paupières tombantes, qui a toujours l'air d'être sur le point de s'endormir. À nous quatre, nous formons une belle collection d'erreurs de la nature !

Je vois bien que les enfants n'ont pas la tête au jeu. Aujourd'hui, estime Théo, n'est pas un bon jour pour jouer. Mal servi, il balance ses cartes avec un cri de dépit guttural qui fait sursauter le malheureux travailleur de la Santé. Ils aimeraient écouter de la musique, et nous entraînent dans une chambre voisine, dont la fenêtre donne sur la Schola cantorum, où la leçon a déjà commencé. Les petits mélomanes ont leurs habitudes, deux chaises les attendent, on en rajoute une troisième pour moi. Notre geôlier prétexte une affaire à régler pour nous abandonner, je le soupçonne de vouloir octroyer à sa longue carcasse épuisée une heure de sommeil non consignée dans son emploi du temps hebdomadaire.

C'est un jeune violoncelliste qui nous donne l'aubade, une pièce difficile de Chostakovitch qu'il joue avec hargne, rudoyant son instrument comme il convient, à la russe donc, j'apprécie en connaisseur le son ample et charnu que le musicien tire de son violoncelle. Ému, amusé, j'observe à la dérobée mes deux compagnons qu'étonne et ravit la ligne mélodique brutalement syncopée du morceau.

Et, à voir la capacité d'attention, l'affût presque mystique de ces enfants-vieillards que la vie a grugés, je m'étonne à mon tour, une fois de plus, du pouvoir exaltant et apaisant de la musique. Au moins, ils auront eu accès à ce royaume mystérieux qui élève, grandit, allège et rajeunit sans fin ses visiteurs. Cela, personne ne pourra le leur prendre.

La leçon est finie, on voit l'élève et le maître plaisanter, puis le garçon céder la place à une nouvelle arrivante.

C'est le tour de notre violoniste préférée de s'installer devant la fenêtre. Un moment surprise de découvrir trois têtes tournées vers elle, là où d'habitude il n'y en a que deux, elle s'en accommode et nous adresse le bonjour du bout de son archet.

Après une étude assez virtuose de je ne sais qui pour se mettre en doigts, la jeune fille attaque la partie de violon d'une pièce célèbre de Stravinski, pour laquelle j'ai toujours eu un faible et dont j'ai dirigé à plusieurs reprises la mise en ondes : *l'Histoire du soldat,* sur un argument de Ramuz. Je profite de l'intervention du professeur, elle a interrompu son élève, pour raconter l'histoire à mes deux compagnons, mais Yann a du mal à comprendre et Théo, fatigué, ne suit pas. Je me demande s'il ne couve pas quelque chose, il a glissé sa petite main froide et chiffonnée dans la mienne.

Tout au violon sinueux, insinuant, diabolique du compositeur russe, je n'ai plus prêté attention à mon voisin, qui semble sur le point de sombrer dans le sommeil. Quand la violoniste, pour finir, joue l'*Ave Maria* de Gounod avec une exquise douceur, Théo redresse la tête un instant, me regarde, un pâle sourire sur les lèvres, son crâne s'affaisse. Sa main est inerte dans la mienne, un doute terrible me gagne : je palpe son poignet, ne trouve pas son pouls. Il respire pourtant, mais avec peine et si faiblement. Yann me tend une boîte de médicaments avec insistance, je ne comprends pas tout de suite, elle est vide. Il s'agit de somnifères, comment ont-ils pu se les procurer ? Je cours dans l'étage à la recherche de l'infirmier, endormi dans son bureau.

Le temps de le réveiller, de donner l'alerte, d'appeler les urgences, Théo a rendu l'âme. Il n'a pas supporté d'attendre d'être étouffé de l'intérieur par le monstre au nom de vieillard, il est parti sans prévenir et l'ayant voulu, bercé par un violon juvénile.

21

Souvent ces derniers jours je reste les yeux ouverts une partie de la nuit. Une évidence s'impose : fuir, il me faut fuir, n'importe où, n'importe comment. Je n'apprendrai plus rien, je n'empêcherai plus rien. Et ma décision est prise : si le processus doit aller jusqu'à son terme, il faudra l'interrompre le moment voulu, comme l'a fait Théo que personne ici ne croyait capable d'un tel acte.

Ces pensées obsédantes ne m'ont pas quitté lors de ses obsèques. Elles se sont déroulées presque clandestinement dans la chapelle du Val-de-Grâce, en présence d'une dizaine de personnes seulement, à croire que l'enfant n'avait ni parents ni famille. Il m'a fallu batailler ferme pour obtenir le droit de rendre un dernier hommage à mon petit camarade du pavillon D. Mon intérêt affectueux pour les deux gosses a paru suspect. Un peu plus, et on m'accusait d'avoir trempé dans le suicide de Théo.

Le troisième étage sera vide désormais, Yann a été conduit la nuit même dans un hôpital de banlieue, l'infirmier fautif affecté à un autre service.

Quand le soir j'ai retrouvé Camille pour la séance de massage, elle était bouleversée. Je n'avais jamais vu le sergent Roche les larmes aux yeux. Elle n'a pourtant pas connu les occupants du troisième étage. J'essaie de la consoler.

– Tu sais, Camille, il est mort doucement, sans souffrir. Il valait peut-être mieux pour lui que les choses se passent ainsi.

Erreur sur toute la ligne. Ce n'est pas pour Théo qu'elle pleure, mais pour moi. Pour nous, précise-t-elle. Nous serons séparés pour toujours. Je vais être transféré dès la semaine prochaine à l'étranger, en Amérique. Ordre de Matignon. On ne m'a pas demandé mon avis, naturellement. Une de ses amies qui travaille dans les bureaux de l'hôpital a intercepté le télex et lui en a remis une copie.

Urgent – Top secret niveau 3 – Après accord avec les autorités américaines, le sujet René Jouve interné au Val-de-Grâce, pavillon D, sera transféré le 27 de ce mois aux États-Unis, via la base de Saarbrucken – Un avion militaire US conduira l'intéressé en un lieu tenu secret – Une équipe de chercheurs militaires et civils, à laquelle seront associés pendant toute la durée des expérimentations deux médecins français, vont collaborer selon un protocole dont les grandes lignes ont reçu l'accord des ministères français de la Santé, de la Défense et de la Recherche scientifique – Le médecin-colonel Yvert est chargé de la réalisation technique du transfert – Nous recommandons une extrême discrétion, y compris à l'égard de l'intéressé qui pourrait ne pas accepter facilement ce séjour américain.

Signé : le directeur de cabinet du premier ministre.

Une rage froide s'est emparée de moi. L'intéressé va leur montrer de quel bois il se chauffe. Elle est jolie, la mentalité des autorités au pays des droits de l'homme !

Pas question, cette fois, de céder à l'intérêt supérieur de la science et autres fadaises. Je vais me gêner peut-être ! Ah, on va l'entendre, le sujet René Jouve ! Où ça, à Matignon ? Bien sûr, l'idée est venue du rondouillard de l'autre jour, quand il m'a vu accomplir un exploit sportif aussi improbable qu'impensable. C'était malin, aussi, de jouer les fiers-à-bras devant ces dangereux lèche-bottes des ministères !

Calme-toi, René. Le moindre faux pas, et te voilà foutu. Sans compter que ses supérieurs ne manqueront pas d'accuser le sergent Roche. Camille est amoureuse, sinon, elle n'aurait pas couru un tel risque. Elle sait pourtant que mes fougueuses, effrontées démonstrations de tendresse ne sont que l'expression de ma gratitude. Pour services rendus. Il n'y a jamais eu le moindre doute là-dessus.

Mon plan est simple. Les portes du quatrième étage ne s'ouvrent pour moi qu'à deux moments dans la journée : quand j'allais voir les enfants au troisième, c'est du passé ; quand je descends dans la cour pour une séance de sport. Deux possibilités s'offrent alors. L'une, je simule un malaise, on me conduit aux urgences. Avec de la chance, je m'éclipse au milieu de la foule, mais on peut aussi me boucler dans une chambre à part. L'autre, je rejoins les vestiaires du personnel, me change avec ce que je trouve et disparais. C'est jouable, à la condition que je ne croise aucun des infirmiers en poste au pavillon D. Probabilité faible. Il me reste quatre jours pour trancher.

QUATRIÈME PARTIE

MA SECONDE VIE
DE JEUNE HOMME

22

La chance sourit aux audacieux. J'ai eu l'occasion ces jours-ci de vérifier plus d'une fois la justesse de ce dicton.

Tenez, pas plus tard que ce matin, sur les coups de midi, au cinquième étage du Plaza, croyant que c'était le chariot du petit déjeuner, j'ai ouvert la porte de la suite que j'occupe avec Helga V., l'épouse du fameux banquier belge récemment inculpé dans l'affaire Sherwood-Dickinson et en fuite depuis des mois (aux dernières nouvelles, il serait au Vénézuéla, – entre nous, quel manque d'imagination que de filer en Amérique du Sud en abandonnant sa femme, alors qu'on n'est jamais mieux caché que dans une grande ville comme Paris).

Ce n'était pas le garçon d'étage, mais deux inspecteurs d'Interpol, dûment mandatés pour soumettre madame V. à un feu roulant de questions. Ils ne s'intéressèrent nullement à son compagnon du moment, le bref regard dénué d'amabilité que me jeta l'un d'eux, un solide gaillard à mâchoire carrée et moustache en croc, montrait assez qu'ils ne voyaient en moi qu'un minable gigolo qui dissimule son outil de travail sous une robe de chambre en soie et profite de la détresse d'une riche épouse délaissée pour l'aider à manger ce qui reste du magot.

Helga ne s'était pas dérobée à l'interrogatoire. En réalité, elle ne savait pas grand-chose des filouteries de son mari. Je n'en admirais que plus sa façon, quand une question la gênait, d'y répondre par un torrent de larmes. Un instant plus tard, alors que les inspecteurs dépités étaient repartis bredouilles ou presque, elle riait à tue-tête devant le somptueux petit déjeuner que l'on venait enfin de nous servir et me mordillait le lobe de l'oreille entre deux bouchées de brioche.

Comme fugitif, je n'avais pas trop à me plaindre. Le palace est une planque très acceptable, en tout cas préférable aux aléas sordides d'une cavale sans fin. Inabordable pour la plupart (une nuit au Plaza Athénée éponge le salaire mensuel d'un honnête travailleur), mais mon physique avenant de jeune homme, mes épaules d'athlète et un peu de chance m'en avaient ouvert les portes sans trop de peine.

Cela dit, pouvais-je seulement me prévaloir du statut de fugitif ? J'étais sûrement un homme traqué, mais personne ne le savait. On se gardait de me rechercher officiellement. À quel titre ? Pour quel crime ? Je me doutais bien qu'une cellule de crise fonctionnait quelque part, que ma femme et ma fille devaient être sur écoute et soumises à une surveillance de tous les instants.

Oui, Helga V. m'avait tiré d'un mauvais pas. Mais avant de raconter les circonstances de notre rencontre, un mot d'abord sur mon évasion. Les choses ne se sont pas déroulées comme je l'avais prévu. Le dimanche est un bon jour pour passer à l'action, il y a toujours beaucoup de visiteurs. En fin de matinée, nous étions une dizaine à entamer un match de hand sur l'aire d'atterrissage de l'hélicoptère. Je louchais du côté des vestiaires quand les haut-parleurs nous annoncèrent l'arrivée d'un appareil. Tout le monde était entraîné pour débarrasser le terrain, en quelques secondes les montants des buts avaient disparu et la manœuvre s'effectua sans accroc.

Un camion-citerne avait pris feu, puis explosé sur une base militaire, au sud de la capitale. Bilan : deux morts, une demi-douzaine de blessés graves. L'hélicoptère des pompiers transportait les deux premiers, brûlés au troisième degré. Deux ambulances s'avancèrent pour les conduire au service des urgences, distant de plusieurs centaines de mètres. Un médecin les accompagnait, il avait oublié sa veste blanche réglementaire sur le siège du passager. L'appareil était prêt à redécoller. Personne, dans la panique générale, au milieu du fracas des turbines, ne prêta attention à ce type en survêtement qui courait cassé en deux pour résister au souffle du rotor en phase d'accélération. Je happai la veste en criant :

– Pour le médecin-capitaine !

Le pilote me fit signe de m'écarter, mit plein gaz et s'éleva rapidement au-dessus de l'hôpital. Le docteur Fortier avait pris soin d'inscrire son nom sur le vêtement, et de façon voyante, comme il est d'usage. Déjà un deuxième hélicoptère s'apprêtait à se poser avec un autre blessé, je pouvais disparaître. J'enfilai la veste du médecin-capitaine dans les vestiaires du personnel et, évitant le service des urgences où j'aurais pu tomber sur Fortier, gagnai l'entrée du Val-de-Grâce. Les gens entraient et sortaient sans contrôle. On voit souvent déambuler des blouses blanches sur le boulevard de Port-Royal, je ne détonnais donc pas. Le chauffeur du taxi que je hélai ne manifesta aucun signe d'étonnement quand je lui lançai :

– Rue Taitbout, une urgence.

Un quart d'heure plus tard, j'étais chez moi. Anne allait sortir pour son marché, Ève comme à l'accoutumée dormait encore. Je savais que le compte à rebours avait commencé, il me restait vingt minutes avant qu'on ne donne le signal de la chasse. Tandis que je me changeais et jetais en hâte quelques affaires dans un sac de voyage, je mis ma femme au courant. Le visage dur et fermé, elle ne m'écoutait pas, elle me fixait comme on regarde un mort.

– Tu t'es vu ? Tu n'as même plus trente ans.

Mon rajeunissement la vieillissait. J'arrachai sur les panneaux mes photos de vingt à quarante ans et les glissai dans mon sac. Anne exagérait à peine, le visage le plus ressemblant était celui de mes trente-deux ans. L'angoisse chez moi avait cédé la place à une sorte de colère joyeuse, le sentiment hardi qu'il fallait que je prenne les choses en main. Je raflai tout l'argent liquide que je pus trouver, environ deux mille francs et quelques centaines de dollars, reliquat d'un séjour aux États-Unis. Mes papiers d'identité confisqués au Val-de-Grâce, je me munis de mon permis de conduire déjà ancien, la photo correspondait.

Ève venait de se lever, je l'embrassai longuement, ta mère t'expliquera. Anne en larmes s'agrippa à moi comme si j'allais la quitter pour toujours, je l'enlaçai et lui parlai à l'oreille comme on calme un enfant.

Cinq minutes plus tard, j'étais dans le métro. J'imaginais l'affolement au Val-de-Grâce, la tête du médecin-général, les coups de fil entre ministères. Ils ne pouvaient pas faire intervenir les médias, en appeler à l'opinion publique, non, les recherches seraient discrètes. Traque à l'ombre pour cavale royale. Royale ? La première nuit fut modeste : j'avais loué une chambre sous un nom d'emprunt – Ferragus, un lointain souvenir de Balzac –, dans un petit hôtel de Montparnasse. La soirée fut triste, j'errais dans le quartier comme un délinquant désœuvré qui sursaute à chaque sirène de voiture de police. Plus d'une fois, je fus tenté d'appeler chez moi, l'erreur à ne pas commettre. Nous étions convenus avec Anne d'un rendez-vous téléphonique chez mon frère, mais c'était dans huit jours.

C'est le lendemain que je fis la connaissance d'Helga.

Je prenais le thé sur une terrasse surpeuplée des Champs-Élysées, le nez dans un quotidien. Une femme élégante avait pris place à côté de moi, je captai son parfum et, différant un instant ma lecture, levai les yeux pour la contempler. Nos regards se croisèrent. Intimidé comme un tout jeune homme, je replongeai aussitôt dans mon journal.

Un instant plus tard, elle me demanda :

– Y a-t-il un bon film en ce moment ?

Justement, en remontant les Champs, j'avais repéré un cinéma affichant un thriller dont on disait le plus grand bien.

– Oui, j'en connais un excellent. Et c'est tout près.

Qu'elle eût pris l'initiative d'engager la conversation n'était pas sans charme. De plus, sa voix était sombre, avec un léger tremblement dans l'émission qui la rendait touchante. Elle avait aussi une pointe d'accent. Je penchais pour une Allemande. Elle était Belge, côté flamand : je ne me trompais pas de beaucoup. C'est encore elle qui se décida la première :

– On y va ?

Et voilà comment, le soir même, j'emménageai au Plaza. Je ne ressentais aucun sentiment de culpabilité. C'était, pardon : j'étais, un cas de force majeure. À l'âge où d'autres enterrent leur vie de garçon, je l'inaugurais.

23

Amant d'une délaissée n'est pas un état de tout repos. Gigolo ne rime pas toujours avec rigolo. Bien qu'elle n'avouât que trente-neuf ans, cela faisait quatre ans déjà – un coup d'œil sur son passeport me permit de m'en assurer – que madame V. avait passé le cap de la quarantaine, sans voir pour autant ses ardeurs calmées, au contraire. J'assumais pleinement, grâce à ma parfaite condition physique, mon rôle auprès d'elle, mais si le retentissement psychique de mon rajeunissement était réel et visible, il faut se souvenir que je restais pour l'essentiel, dans ma tête, un homme de cinquante-cinq ans.

Il n'était pas rare que, profitant du raidissement naturel de mon membre viril en plein sommeil, elle m'entreprît dès les matines alors que je déteste me réveiller après lui. On redormait un coup, petit déjeuner entre onze heures et midi, elle remettait ça aussitôt avant une sortie à la banque ou chez son coiffeur, déjeuner vers quinze heures, promenade dans quelque parc ou musée, retour au Plaza pour une longue sieste agitée. Nous dînions à dix heures du soir, fourbus et affamés. Et, bien sûr, il lui fallait son câlin d'avant-dormir.

Pour être franc, la distraction, voire l'ennui me guettaient au cours de ces journées de laborieuse, extrême fornication. Je ne sais plus quel auteur français tenait qu'en amour, il n'y avait que la bestialité qui ne lassait pas, l'expérience m'obligeait à le démentir. Quoi de plus lassant que la répétition obsessionnelle d'un rituel d'amour, avec son protocole de petites manies et perversités soigneusement codifiées ?

J'aurais dû me méfier dès le premier soir. Au cinéma, je m'étais enhardi à l'embrasser, elle répliqua aussi sec en introduisant sa main dans mon jean pour vérifier, je suppose, la vitesse de réaction et les proportions de mes bijoux de famille. Rassurée sur ce point, à peine franchi le seuil de sa suite au Plaza, elle s'était dépouillée de ses vêtements, ne gardant que ses bas et une chemisette de soie blanche qui ne lui couvrait pas le nombril. Disposé face à un vaste miroir, le lit était carré, deux mètres sur deux.

– Ah, il y a de quoi faire ! dit-elle.

Elle s'y allongea sur le dos, ramena ses genoux contre sa poitrine, offrant ainsi à sa contemplation comme à la mienne, le plus intime de sa personne.

– Quand je pense, dit-elle en se caressant doucement, que ce pauvre Oscar qui aime tant me regarder partout s'est privé d'un pareil morceau !

Elle roula sur elle-même pour se retrouver sur le ventre, accentuant la cadence de la croupe, et tourna les yeux vers moi pour me demander :

– Et toi, tu aimes ?

Il va de soi que je ne restai pas insensible et donnai à une telle invitation la réponse qui s'imposait. J'en vins tout de même assez vite à m'interroger sur les vraies raisons de la disparition de son Oscar de mari : était-ce le fisc ou sa femme qu'il fuyait ? Les événements n'allaient pas tarder à me mettre sur la voie.

Un beau matin, dérogeant à ses habitudes et sans rien me dire, Helga commanda le petit déjeuner vers neuf heures et sortit tout de suite après. Elle revint vers midi au volant d'une Porsche de louage, dont elle me remit les clefs. Le temps de jeter quelques robes dans une valise, de faire halte à la réception, de déposer une forte somme d'argent dans le coffre, précisant qu'elle s'absenterait quelques jours, mais qu'elle conservait sa suite (rompu aux caprices de clients fortunés, le concierge opina du chef sans manifester le moindre étonnement), et nous voilà en route pour la Suisse.

Ma maîtresse avait un rapport à la fois singulier et réducteur à l'argent. La seule monnaie qui eût cours dans son existence était la coupure de cinq cents francs. Plus petit n'existait pas. Qu'elle fît l'acquisition d'un magazine, d'une barre de chocolat ou d'un string en satin noir, la dépense pour elle était la même. J'avais dû m'adapter, d'autant plus que parmi mes attributions figurait naturellement, en tous lieux et en toutes circonstances, celle de régler. Je n'étais pas que son amant attitré, mais aussi son trésorier-payeur général. Tous les deux, trois jours, elle bourrait – juste retour des choses – mon portefeuille d'une épaisse liasse de billets. Cette délicate attention m'allait droit au cœur, d'autant que la réserve ainsi constituée comprenait mon argent de poche. Nous n'avions eu aucune discussion sur ce sujet, j'avais pris sur moi de me rétribuer selon mes exploits amoureux. Une étreinte, une coupure, tel était le tarif, que je n'avais pas l'intention de revoir à la baisse. J'ajoute que, les semaines passant et comme on peut l'imaginer, je m'étais fabriqué un assez joli bas de laine.

Nous voici donc cheminant vers Genève à la vitesse autorisée, je n'avais posé aucune question, après tout, c'était le vœu d'Helga et nous étions dans l'ordre du « comme madame voudra ». Petit émoi à la frontière, on se souvient que je n'avais pour soutenir mon identité que mon permis de conduire, mais les douaniers, dans un bon jour et sans doute rassurés de nous voir convoyés par un signe extérieur de richesse affichant deux cent quatre-vingts chevaux, nous ouvrirent avec un large sourire les portes de la Confédération. Nous descendîmes au Grand Hôtel des Bergues, où les V. avaient leurs habitudes. Une suite avec vue sur le lac et une chambre donnant sur l'arrière nous attendaient.

– La chambre est pour toi, me dit Helga. Tu comprends, Oscar est trop connu ici.

Tant pis pour le Léman, l'idée de me retrouver enfin seul dans un lit confortable me parut un vrai délice. Fatigué par la route – j'avais conduit tout le temps –, je m'allongeai et ne tardai pas à m'endormir. Le téléphone me réveilla : Helga s'ennuyait déjà et me demandait de la rejoindre. Je sentis qu'on allait encore abuser de ma personne, mais non, elle s'était fait une beauté et feuilletait des revues.

Au bout d'un moment, un homme lisse, élégant, entra sans frapper. La cinquantaine, de petite taille, mince, les cheveux noirs brillants, une fine moustache, de grands cernes sombres sous les yeux, costume clair, chemise bleue, cravate discrète, il s'avança d'abord vers Helga qu'il embrassa distraitement, puis l'index pointé sur moi, dit d'une voix forte et basse :

– Vous êtes René, n'est-ce pas ?

Oscar V. me tendit une main affable et ne parut nullement embarrassé de me trouver au milieu des affaires de sa femme. Après tout, devait-il se dire, ça la regardait. Il commanda du champagne, nous papotâmes en sirotant le dom pérignon et en croquant des pistaches. Je finis par me lever pour les laisser entre eux, Oscar m'accompagna jusqu'à l'entrée et glissa dans la poche de ma veste deux coupures de mille francs, suisses cette fois.

– Nous sommes lundi, revenez jeudi. Vous savez qu'Helga ne supporte pas d'être seule. Vous disposez d'une voiture, je crois ?

Je venais de gagner huit mille francs en une minute, et monsieur V. toute mon estime. Je trouvais à la fois intelligent et élégant de me considérer comme une personne de confiance chargée de meubler la solitude de madame. En domestique zélé, après avoir beaucoup donné, je ne demandais pas mieux que d'être mis au repos. Dédaignant la Porsche, trop voyante pour un fugitif, je pris le premier train pour Lausanne.

L'hôtel Les Mimosas était situé dans une rue calme et fleurie, dans la partie descendante de la ville, ma chambre au troisième et dernier étage. Je restai un long moment assis sur le balcon à contempler les eaux calmes du lac dans lesquelles se reflétaient, avec les premiers signes du soir venant, les contreforts des Alpes françaises. Une mélancolie méditative s'était emparée de moi. Que devenait donc René Jouve, le metteur en ondes émérite, l'ingénieur du son et du silence pensionné à cent pour cent, le mari exemplaire et le bon père de famille ? Il me semblait qu'une épaisse brume d'amnésie élective enveloppait ma femme et ma fille.

Qu'avait de commun le Jouve nouveau avec l'ancien ? À peu près rien. Froid et cynique, ce détestable personnage ne vivait que pour le fric et la luxure. Vautré sur le petit matelas de billets de banque qu'il s'était constitué dans le dos de la dinde dodue qui l'entretenait, il menait une existence de bellâtre et de sybarite parfaitement abjecte.

Je ne voulais pas être ce Jouve-là.

Je m'avisai soudain que, malgré mes promesses, je n'avais donné aucun signe de vie à ma famille. Je ne pouvais appeler chez moi, je téléphonai à mon frère, espérant que je ne tomberais pas sur ma belle-sœur.

Mathilde décrocha. Je lui dis que j'étais à l'étranger, que j'avais un message... Elle me coupa net :

– Tu as de la chance, Anne est ici. Je te la passe et je t'embrasse.

Ma femme était morte d'inquiétude. Je lui dis ce qu'elle voulait entendre, que tout allait bien, que le processus s'était arrêté, que je me débrouillais pour rentrer dès que les circonstances le permettraient, qu'il fallait patienter, que je pensais très fort à elles deux et que nous serions bientôt réunis comme avant. Sur quoi, je me dévêtis et décidai de m'accorder une petite sieste avant dîner.

Quand je m'éveillai, il faisait nuit noire. Mon réveil indiquait vingt-deux heures. Je m'habillai et descendis. Sur le palier du premier étage, j'entendis la gérante au téléphone.

– Non, je vous assure, depuis qu'il est arrivé, il n'a pas quitté sa chambre. Bon, si vous y tenez, je vais vérifier. Ne bougez pas.

Je remontai quatre à quatre sans faire de bruit et ramassai mes affaires. Le sac bouclé, je m'assis sur le lit dans le noir et attendis. Ils étaient donc toujours après moi. Comment avaient-ils trouvé ma trace ? Mystère. Mais non, la solution était limpide, j'aurais dû m'en douter : mon frère Éric aussi était sur écoute.

Un instant plus tard, on gratta à la porte. J'ouvris et allumai en même temps. La vieille recula, effrayée :

– Je venais voir si vous n'aviez besoin de rien. Et vous n'avez toujours pas rempli la fiche.

Elle aperçut mon sac.

– Comment, vous nous quittez déjà ?

107

– Eh oui, dis-je en la fixant d'un air farouche. On m'attend à Genève. Il me semble vous avoir réglé d'avance, non ?

Je la précédai dans l'escalier. Sa fiche, elle pouvait se la coller. Un instant plus tard, j'étais dans le funiculaire. Pas dans le sens de la gare, mais vers le débarcadère. Le bateau pour Évian était en train d'appareiller. Il corna à deux reprises. Je me mis à courir sur le ponton de bois. Trop tard, il virait doucement de bord, s'écartait de la rive, personne ne me suivait, mais c'était tout comme, je courus plus vite, dix mètres au moins séparaient la pointe du débarcadère du pont du navire, mais qu'est-ce que dix mètres pour un chronomutant génétique inverse certifié tel que moi ? Une peccadille. Et je risquais quoi ? De me retrouver dans l'eau, de provoquer une frayeur de mouettes et l'hilarité des promeneurs nocturnes. Le marinier qui roulait son cordage et me vit atterrir à côté de lui se contenta de grommeler en haussant les épaules :

– Ah ces touristes ! Pouviez pas attendre demain matin ? Le lac sera toujours là, et on traverse tous les jours.

Pendant la demi-heure que durait la traversée, j'eus tout le loisir de réfléchir sur mon sort. Pas le temps de humer à pleins poumons l'air vivifiant du large et tant pis pour le ciel étoilé, les cristaux de lune qui frémissaient sur l'eau noire. Ils devaient me chercher à la gare de Lausanne, bientôt ils élargiraient le cercle de leurs investigations. Pas question de revenir à Genève, les frontières seraient surveillées.

À peine débarqué, je sautai dans un taxi et me fit conduire à Thonon. Je finis par dénicher le seul bar qui restait ouvert jusqu'à quatre heures du matin : bière, sandwich, café. Une heure plus tard, je grimpai dans l'autorail pour Annemasse. Après les couche-tard de Thonon, je me mêlai aux lève-tôt de cette banlieue prolétaire. Je ne commis pas l'erreur de choisir la correspondance pour Paris. L'autocar de Bellegarde partait à dix heures. De là seulement, je montai dans le premier train en direction de la capitale.

24

Après cet épuisant et tortueux périple pour échapper à mes hypothétiques poursuivants, je revins à mon point de départ, le Plaza. J'avais besoin d'une bonne nuit de sommeil pour me refaire une santé et je tenais à récupérer mon bas de laine, quelque quarante coupures de cinq cents francs, dissimulé dans une boîte à chaussures appartenant à madame.

Je sentais que cette suite, pour confortable qu'elle fût, ne pouvait me servir plus longtemps de repaire, ni les V. de protecteurs. Le refuge allait tourner en piège, c'était cousu de fil blanc et couru d'avance. Le regard soupçonneux du détective privé de l'hôtel (je l'avais reconnu à sa façon discrètement insistante de dévisager les clients), un gros type aux paupières tombantes sans doute engagé pour ses qualités de physionomiste, me fit déguerpir dès le lendemain matin.

Du reste, le moment était venu, s'agissant d'Helga, de passer la main à d'autres plus motivés. À Paris, les beaux garçons en rade qui attendent d'être embauchés par une dame fortunée ne manquent pas dans les cafés chics. Bref, je ne m'inquiétais pas pour mon aimable Flamande, ni d'ailleurs pour son mari qui continuerait de prospérer à l'ombre du secret bancaire helvétique.

Je me carapatai en douce du côté de Pigalle, dans un petit hôtel une étoile, pas cher, pas voyant. Ainsi je n'étais pas loin des miens, à égale distance du Sacré-Cœur et de la rue Taitbout. Bien sûr, je ne pouvais prendre le risque de chercher à les voir. Ceux qui m'avaient vendu aux Américains devaient être sur la brèche, misant sur une nouvelle faute de ma part.

La prudence et le qui-vive s'apprennent. Quand je me déplaçais dans Paris, c'était à des heures de grande affluence et dans des quartiers très peuplés. Il me fallait certes de l'exercice pour survivre, marcher beaucoup et longtemps, mais toujours dans la foule, que je trouvais au Luxembourg, aux Halles, au Quartier Latin, sur les Champs et, plus près, sur la butte Montmartre.

Je ne m'étais pas contenté de rajeunir, j'avais aussi changé mon allure et ma dégaine. Je portais le plus souvent un jean américain trop large, une chemise de toile écrue bouffante et une casquette enfoncée sur les oreilles. Aux pieds, j'avais de grosses chaussures noires qui eussent mieux convenu à des balades en montagne qu'aux promenades en ville. Ce n'était pas très élégant, mais tellement commun.

Le métro, je ne m'y aventurais qu'aux heures de pointe. Je marchais jusqu'à Clichy, car la station a de nombreuses entrées. Quelques jours seulement après mon expédition en Suisse, je faillis tomber entre les pattes de l'autorité, et pour une misère.

La scène, heureusement, se déroule au métro Place d'Italie, loin de mes bases donc. Je piétine sur le quai, j'observe une splendide jeune femme à souliers rouges et natte noire immobile sur le quai opposé. Arrive subitement un fort parti de contrôleurs. La notoire impopularité de ces fonctionnaires de la RATP est telle qu'il leur faut se déplacer en bandes de dix à quinze individus des deux sexes, généralement protégées par des vigiles. Je ne me sens pas concerné ni menacé, j'ai passé l'âge de la resquille et mon ticket à la main, que je présente à un barbu hilare et ventripotent. Il l'étudie en long, en large et en travers pour finir par le décréter non valable.

– Comment ça, pas valable ? Je l'ai composté à l'instant.

– Sûrement pas. Vous l'avez utilisé à Châtelet.

Sûr de mon bon droit, je proteste de mon innocence, le ton monte. J'admets avoir peut-être interverti deux coupons, jeté le neuf et gardé le périmé, rien de bien méchant en somme. Le gros ne l'entend pas de cette oreille, il veut me faire cracher au bassinet. Je refuse. Il exige mes papiers. Impossible pour moi de lui livrer mon identité. Ses collègues se sont rapprochés, l'étau se resserre. Coincé de tous les côtés et fatigué de parlementer avec un abruti, je ne vois qu'une ouverture : les voies et le quai d'en face.

La distance est de six mètres vingt-quatre, un jeu d'enfant pour un garçon qui vous exécute des bonds de dix mètres au-dessus du lac de Genève ! Bien sûr, sans élan, même le recordman du monde s'y casserait le nez. Mais pour un monstre comme moi, à deux doigts de voler, la chose n'est pas insurmontable. Je bouscule le ventripotent, l'envoie bouler dans ses confrères, une vraie partie de quilles, trois pas pour m'élancer et, sous les yeux effarés du conducteur d'une rame qui vient d'entrer dans la station, je réunis les deux quais d'une courbe gracieuse pour atterrir auprès d'une jeune et jolie femme nattée de noir et chaussée de rouge.

111

Hélas, je n'ai pas le temps de m'attarder pour lier connaissance. D'un pas rapide, sans courir, je me mêle à la cohue descendante qui s'écoule vers la sortie et, deux précautions valant mieux qu'une, me dirige vers un supermarché qui affiche des soldes monstres et attire la foule. Un instant plus tard, me voici essayant des lunettes de soleil.

– Je vous conseille celles-ci, dit une voix de femme au timbre légèrement voilé. Elles sont plus couvrantes.

Je les retire et découvre la jeune femme de tout à l'heure.

Elle m'a suivi. Méfiance, si elle était de la police ? Non, on ne trouve pas de canon chez les flics. Son épaisse natte noire m'intrigue plus que le rouge de ses chaussures. Elle me tend la main.

– Je m'appelle Nelly Blum, du cirque Blum and Stern. J'ai été estomaquée par votre saut dans la station. Je ne sais pas qui vous êtes ni ce que vous faites dans la vie, mais si vous cherchez du travail, j'ai quelque chose qui pourrait vous intéresser.

Nous avons pris un verre dans un café des environs. Nelly a des yeux immenses, sombres et rayonnants. J'ai signé tout de suite. Quitte à faire des bonds, autant qu'ils rapportent.

25

Le contrat n'est pas mirobolant, mais le cirque m'a toujours fasciné et Nelly, qui descend d'une longue lignée de gens de la balle, est une si jolie fleur. Blum and

Stern existait déjà au siècle dernier et, comme souvent dans ce domaine, la firme a connu des hauts et des bas. On a frôlé la faillite de longues années durant, puis le cirque est reparti sous la conduite de Walter, le frère de Nelly. Ce garçon sympathique de trente-six ans est prestidigitateur, un as dans son genre.

Elle, sa partie, c'est les chevaux. Je ne me lasse pas de la regarder chevaucher. Quand, vissée sur sa selle, imperturbable après un quadrille endiablé, elle salue chapeau bas le public du haut de sa jument grise érigée, je ne cache pas mon enthousiasme.

On murmure dans le personnel que je serais amoureux de la belle cavalière, qu'elle finira par me dresser comme elle a dressé les autres. C'est un racontar sans fondement. Bien sûr, je ne suis pas insensible aux mouvements de métronome de sa natte noire, ni aux courbes exactes et fermes de sa blanche culotte d'écuyère, quand elle est dedans, mais de là à –, non, je suis trop préoccupé et d'abord par mon travail. Chez Blum and Stern, on est très boulot-boulot, ce qui me convient parfaitement, je n'ai pas envie de plaisanter là-dessus.

J'ai obtenu de Walter, plus qu'un nom d'artiste, une nouvelle identité. Désormais, comme la branche Stern est restée sans descendance, je suis Léo Stern, la nouvelle attraction du cirque Blum and Stern. On m'a certes engagé pour mes vertus saltatoires, mais j'ai pu glisser mon grain de sel dans le numéro. Nelly voulait mettre ma plastique irréprochable (c'est elle qui le dit) à contribution et donc m'exhiber en tenue minimale, coquille de soie noire et brodequins brillants. J'objectai qu'on versait dans le music-hall et qu'une présentation aussi dénudée pouvait choquer le puritanisme larvé de certaines spectatrices.

Mon idée, finalement retenue, nous ramène au cirque. Le clown Léo, avec son pantalon de toile écrue à gros carreaux, les larges bretelles, le gilet à bandes jaunes et noires, le nœud papillon vert et le nez rouge, c'est moi, figurez-vous. Il n'y a que les godillots dont je me sois passé, les baskets s'imposent pour une prestation aussi physique.

La solution est idéale pour un homme traqué, mais surtout, une fois maquillé, je ne me sens plus ni jeune ni vieux – un clown, ça n'a pas d'âge –, merveilleusement délivré de ce mal qui me brouille avec le temps et me fâche avec la chronologie. On n'imagine pas le soulagement que j'éprouve à bondir comme un cabri sous les projecteurs sans être reconnaissable !

Le numéro que nous avons créé en duo, avec mon compère Ildebrando Rubio, équilibriste à ses heures et authentique Napolitain, nous transporte dans l'univers du bâtiment. Nous sommes des maçons, lui, le clown blanc, est contremaître, moi simple ouvrier. Le décor est un mur de briques en construction, avec des hauteurs croissantes : deux mètres cinquante, cinq et huit mètres.

Ildebrando joue le petit chef et se plaint de mon manque de zèle au travail. Il est vrai que du maçon, je n'ai que la truelle et le panier-repas. J'ai plus souvent le nez dans celui-ci que sur celle-là. Le patron me cherche dans un coin de la piste, d'un saut dans son dos j'atterris dans le coin opposé. Il me croit de l'autre côté du mur, d'un bond je passe devant au moment où il disparaît derrière.

Enfin seul ! En m'aidant d'une seule main, l'autre ne lâche pas le panier, je me hisse sur le premier pan de mur et déballe mon déjeuner : pain, saucisson, bouteille de gros rouge. Le contremaître réapparaît, ne me trouve pas, se gratte la tête. Une bonne âme dans le public me dénonce, le doigt en l'air. Ildebrando exige que je descende, immédiatement.

Je n'ai pas entendu. Refus d'obtempérer ? C'est là qu'intervient l'échelle, où Rubio est sensationnel. En deux temps, trois mouvements, le voilà à côté de moi, louchant sur le vin. Je remballe aussitôt et, mes victuailles serrées contre ma poitrine, grimpe d'un bond étudié au niveau deux. Las, j'ai oublié le vin. Mon chef s'en empare et, à califourchon sur le mur, chante un air napolitain en balançant la bouteille de gauche à droite comme un matelot éméché. Mal lui en prend, d'un bond sournois me voici à côté de lui, je happe le flacon et rebondis à l'étage supérieur.

Cette fois, Ildebrando est vraiment fâché. Il tire l'échelle à lui, la pose en équilibre instable sur le faîte du mur et, en dépit du tangage, attaque le niveau deux. Qu'à cela ne tienne, je me réfugie au trois d'un saut gracieux. Mon compère donne l'illusion d'être en proie au vertige, il n'en installe pas moins l'échelle un cran au-dessus. Le public est partagé entre le rire et l'inquiétude, nous évoluons tout de même à huit mètres, la hauteur d'un immeuble de trois étages.

À la fin du numéro, acculé par Ildebrando, je saute dans le vide sans lâcher mon panier et me reçoit sur un épais tapis de sol, qui fait office de trampoline. Ce dernier saut est unique au monde, assure la direction du cirque. Les marines de l'armée américaine les plus entraînés ne se risquent pas à chuter de plus de cinq mètres. Mais pour un type comme moi, inexplicablement léger, huit mètres, ce n'est qu'un saut de plume.

Voilà deux mois que Léo Stern et Ildebrando Rubio ont inscrit leurs périlleuses pitreries au programme du cirque Blum and Stern. Planté trois semaines à Saint-Denis, le chapiteau flambant neuf se replie chaque soir et se déploie chaque matin dans une ville différente. Après une tournée dans le nord du pays, Amiens, Arras, Lille – nous y avons séjourné quatre jours et joué à guichets fermés –, Roubaix, Tourcoing, Maubeuge, et un crochet par le Luxembourg, nous voici en Alsace pour une semaine.

La vie quotidienne au cirque n'est pas déplaisante. Nelly et Walter sont des hôtes attentifs et, comme ils sont fins gourmets, la table est de qualité. La roulotte qui m'est attribuée dispose de tout le confort. Il y a même un vélo, fixé sur le toit, dont je me sers entre les spectacles pour me promener dans les villes où nous faisons halte. Nous sommes restés plusieurs jours à Strasbourg, je ne me suis pas lassé de découvrir les petites rues d'allure médiévale de la vieille ville.

Plus encore que la cathédrale, d'une beauté à couper le souffle, j'ai longuement contemplé les cigognes du parc de l'Orangerie. Grâce à leur technique de vol qui utilise le vent et les courants ascendants, elles sont capables de parcourir des centaines de mètres d'un battement d'ailes. On dit qu'au moment de leur migration vers les terres chaudes, elles peuvent, comme les grues cendrées, leurs voisines de très haute altitude, là où de puissants courants portent littéralement ces fragiles planeurs, atteindre une vitesse de deux cents kilomètres à l'heure.

Dans la presse, on m'appelle déjà le clown volant. Tout le monde croit qu'il y a un truc, personne n'imagine que le truc est dans mes gènes. Cela dit, cette nouvelle transformation atténue les effets angoissants de l'autre. Depuis que j'ai fui le pavillon D, trois mois

116

se sont écoulés et je n'ai pas l'impression d'avoir rajeuni : les gens que je fréquente en dehors du travail et qui me voient démaquillé me donnent entre vingt-huit et trente-deux ans. Je n'ai pas vu passer mon cinquante-sixième anniversaire. Pas de photos cette fois, la galerie de portraits s'interrompt brutalement, le Jouve ancien est mort, loin des yeux, loin du cœur. Je me prends à espérer que le processus va s'arrêter. Il m'arrive, quand je me rase, de découvrir sur ma figure tel pli, tel raidissement musculaire que je veux croire annonciateur d'une ride prochaine. Vieillir, enfin !

26

Nous ne jouerons pas ce soir. Ni les prochains. Représentation annulée pour cause de tempête. Le cha-piteau a été emporté dans la nuit, les mâts disloqués, grosse frayeur chez les chevaux, mais pas de victime. Le coup est rude pour le cirque Blum and Stern. Walter m'avoue, d'une voix d'enterrement, que les installations sont assurées contre l'incendie et le vol, pas contre les risques naturels.

Je n'ai pas d'inquiétude pour mon avenir, à supposer qu'il m'en reste un. Les propositions ne manquent pas. Ildebrando et moi avons été invités à présenter notre numéro à la grande soirée de gala qui a lieu tous les ans à Monaco, en présence de leurs Altesses Sérénissimes. Récemment, le patron d'un célèbre cabaret parisien a voulu racheter mon contrat à prix d'or. J'ai décliné l'offre, très alléchante pourtant. C'est qu'avec le temps, je me suis attaché à ce petit cirque et à ses habitants. Je ne dirais pas que c'est ma nouvelle famille, ce serait ridicule, la mienne est irremplaçable dans mon cœur, et ce d'autant que j'en suis privé pour des raisons que n'importe qui de sensé jugerait scandaleuses. Mais ici, des artistes aux simples techniciens embauchés pour la saison, tout le monde est bien traité. À quoi s'ajoute l'amicale complicité qui s'est nouée entre les Blum et moi.

Ainsi, je connais parfaitement la situation financière de la firme. Grâce à une fréquentation en hausse ces derniers mois, la trésorerie est saine, mais pas au point de supporter le coût d'un nouveau crédit. La menace est donc sérieuse de voir Walter et sa sœur, dépassés par ce coup du sort, jeter l'éponge.

— Il y aurait bien une solution, me dit Nelly. Mais Walter ne veut pas en entendre parler. Je ferais peut-être mieux de me taire.

— Vous avez une idée en tête, dites toujours.

— Depuis la mort de mon père, ma mère vit seule à Vaucresson, dans une petite villa. Elle n'a qu'une maigre pension, quelques meubles anciens, rien qui vaille de l'argent. Si, nous avons dans la famille, venant du côté de mon père, un tableau de Delacroix, une huile de quatre-vingts centimètres sur soixante, un hussard à cheval vu de dos. Le trait est d'une rare puissance, les couleurs flamboyantes, l'ensemble comme souvent chez lui d'une sensualité à la fois vive et trouble. Le tableau est connu et répertorié, plusieurs musées et collectionneurs nous ont déjà fait des offres qui régleraient nos problèmes pour des années, mais ma mère y est très attachée, et Walter ne veut pas lui faire de peine.

Je vois bien où elle veut en venir. Je ne peux pas la suivre sur ce terrain.

– Pardon, Nelly, de vous interrompre, mais c'est un sentiment que je comprends. Walter se refuse à lui forcer la main. Si elle ne veut pas vendre...

Elle s'impatiente.

– Attendez, Léo, vous ne savez pas tout. Mon père a légué ce tableau à son fils, à Walter donc. Nous avons l'acte de donation en bonne et due forme. De son vivant, il a fait exécuter une copie que ma mère a accrochée dans son salon. Elle a confié l'original à un notaire de ses amis, qui habite une maison cossue dans la même rue. Le bonhomme a réussi à la persuader que ses enfants veulent la dépouiller et lui prendre le tableau.

Cette fois, je dresse l'oreille. Je n'ai jamais eu pour la confrérie des notaires une révérence excessive. Il y a là, me semble-t-il, une assez vilaine entourloupe, qu'il convient de corriger. C'est exactement l'avis de Nelly.

– Je suis convaincue qu'il attend la mort de maman pour se l'approprier définitivement. Il lui aura fait signer quelque papier ou alors, avec l'aide de complicités extérieures, il peut organiser le vol du tableau.

Je vois mal un notaire courir un tel risque. Mais il existe tant de façons de contourner la loi. Et on comprendra que j'aie pris, sans discuter, le parti de Nelly. Son plan est simple. Elle prétend l'avoir conçu en me voyant exécuter mon numéro pour la première fois.

La maison du notaire a été bâtie sur la colline de Vaucresson. L'avant et le jardin donnent sur la rue principale du quartier ; le bonhomme ne se fie ni aux grilles élevées ni au molosse qui monte la garde de jour comme de nuit, il a donc installé un système sophistiqué de protection électro-magnétique. L'arrière, en revanche, que cerne une rue étroite en pente raide, n'est pas sous alarme. Mais le mur est haut de quatre mètres, lisse, sans prise et au sommet le notaire, comme un vulgaire petit possédant, a cimenté des tessons de bouteilles brisées.

Si les quatre mètres ne m'arrêtent pas, les pics des tessons me refroidissent. Nelly a la parade : des gants de protection dont le cuir épais habille un maillage souple de fines lamelles d'acier, que le verre le plus tranchant ne traverse pas. Walter ? Il ne veut rien savoir, mais ne nous empêchera pas de tenter le diable, à nos risques et périls.

Minuit, dans cette banlieue chic de Paris. Nelly conduit la voiture et me dépose à l'arrière de la maison. La rue est déserte, mal éclairée. Avec de l'élan et ma technique dérobée aux joueurs de cesta punta, – ce pas vertical sur la paroi du mur qui vous grandit d'un mètre l'espace d'un quart de seconde –, je saute, m'agrippe sans dommage et me hisse au sommet. De là, je bondis sur la terrasse sans déclencher la moindre sirène. Tout dort, pas la moindre lumière. J'ai dans les poches de ma veste de cambrioleur l'attirail nécessaire pour m'introduire dans la maison, à savoir le diamant pour découper une rondelle de carreau et la ventouse pour la retenir.

À mon idée, le tableau se trouve soit dans le bureau de l'assermenté, soit dans sa chambre à coucher. Le faisceau de ma torche n'arrache aucun Delacroix à l'obscurité des pièces du rez-de-chaussée. À l'étage, à part la grinçante délation du plancher, pas de bruit, nul ronflement pour me guider. J'ouvre des portes au hasard, personne. Je recommence ma tournée. Un lit défait attire mon attention, son occupant l'a quitté précipitamment. Pour se réfugier dans l'armoire ? Non, une faible vibration du plancher dénonce, nu comme un ver et tremblant de tous ses membres, le maître-escroc et des lieux. Le notaire s'est caché sous le lit. Qu'il y reste. Je ne m'attarde pas pour admirer l'objet du litige. Le décrocher est un jeu d'enfant.

Et voilà comment de clown volant, je suis passé clown voleur.

Je déclenche, avant de sortir par l'avant (ma complice m'y attend), l'ouverture automatique du portail qui annule le dispositif d'alarme, bravo les concepteurs ! Il y a bien ce molosse, surgi d'on ne sait où et qui fonce sur moi en aboyant, mais il freine aussitôt, rentre la tête dans les épaules et recule dans l'ombre. Inexplicable don, j'ai toujours fait peur aux chiens, même du temps où j'avais l'âge que j'ai.

Sur la route du retour, nous nous sommes arrêtés sur une aire de repos déserte. J'ai longuement admiré le tableau, posé sur la banquette arrière, à la lueur de la lampe de poche. Comme je comprends, à voir ma belle écuyère consentir enfin à se dévêtir et à se laisser monter, la passion de Delacroix pour les chevaux !

27

Je fais le clown, le clown volant, le clown voleur.

Je saute, tu encaisses, ai-je fait remarquer à Nelly. Non, c'est injuste, j'aurai ma part de la transaction. L'avance en nature ne compte pas, précise-t-elle. Le collectionneur suisse qui convoitait le Delacroix aurait payé une fortune pour l'accrocher sur les murs (ou l'enfouir dans le coffre-fort) de sa villa de Vevey. Il a dû s'effacer devant un conservateur de musée français, moins riche, mais fort du droit de préemption de l'État.

Voilà donc le tableau parti et le cirque reparti, tout est pour le mieux dans le meilleur des mondes. Nous sommes à nouveau sur les routes, et chaque soir sur la piste éblouissante, le visage en feu sous une couche de fard, je fais le clown, le clown sauteur, le clown sauveur, devant le grand trou noir du public d'où peuvent surgir à tout moment, pour me livrer pieds et poings liés à une puissance amie, d'autres clowns frappeurs en uniforme. Pour l'heure, ils sont toujours dans le noir et me cherchent encore.

Nelly et moi, ça va, merci. À Lyon, elle m'a invité à dîner en tête à tête dans un restaurant réputé. Au dessert, surmontant sa timidité, elle m'a demandé ma main. Je n'ai pas compris tout de suite qu'elle me proposait de l'épouser. Oui, aujourd'hui, c'est aux femmes, estime-t-elle, plus mûres, plus responsables, de prendre ce genre d'initiative. Nelly et Léo, Blum and Stern, c'était couru, non ? Je me demande si elle ne voit pas déjà plein de petits Blum and Stern en costumes scintillants voleter sous le chapiteau d'un trapèze à l'autre. J'ai dit que j'allais réfléchir. Pas eu le courage de lui avouer que je le suis déjà, marié, et qu'un destin de bigame ne me tentait pas.

Autre chose : la célèbre chorégraphe Martha Bauer, une amie de Nelly, est venue assister à mes exploits. Cette femme s'est mis en tête de m'employer dans sa nouvelle production, l'opéra de Lyon lui a commandé un *Mandarin merveilleux*. Depuis qu'elle a vu mon numéro avec Ildebrando, elle affirme que je suis son mandarin et n'en démord pas. Pas question d'engager quelqu'un d'autre. Certes, je connais la partition de

Bartók, il m'est arrivé de la mettre en ondes à plusieurs reprises, mais le monde de la danse m'est étranger et il me semble qu'une chorégraphie digne de ce nom ne se résume pas à une succession de sauts, aussi impressionnants soient-ils.

Martha est une grande dame de la danse et on ne lui résiste pas. Sa longue silhouette maigre à peine voûtée, perdue dans des vêtements de garçon trop grands pour elle, le sourire un peu triste de son visage émacié, la fixité parfois de ses yeux de somnambule intriguent, émeuvent. Nelly soutient qu'elle aurait dépassé les soixante ans, on a du mal à le croire, surtout quand elle évolue sur scène : son corps est une épure, tant de gravité dans tant de légèreté, une grâce presque funèbre émane de ses mouvements lents ou saccadés, comme si l'âme écrivait à même l'espace son désir d'être délivrée.

– Dès que je vous ai vu, Léo, j'ai su que vous seriez mon mandarin. Quand vous sautez, on a le sentiment, un court instant, que vous quittez votre corps, que vous le précédez mentalement. Ce n'est pas seulement de vos qualités athlétiques dont j'aurai besoin, mais de cette force intérieure qui vous allège.

Je ne pouvais que m'incliner, bien que la perspective de passer du cirque à l'opéra, de la piste à la scène m'affolât au dernier degré. Martha m'a rassuré, je ne danserai pas. Si l'on excepte quelques sauts délicats que j'aurai à exécuter, mon rôle sera parfois mimé, souvent immobile : comme le veut l'argument du ballet, un mimodrame selon Bartók, je ne fais que subir, et l'impitoyable cruauté des meurtriers, et la force supérieure de l'amour.

C'est une histoire vieille comme le monde. Une jeune fille affecte de vendre ses charmes, elle entraîne le client chez elle. Là, il est dépouillé par les amis de la jeune personne. S'il proteste, on le rue de coups. Arrive un vieux mandarin qui a besoin d'amour. Comme les autres, il se fait éconduire brutalement, une fois délesté de son or. Mais lui ne s'avoue pas vaincu, il réclame son dû : cette fois, on l'assomme. Ses esprits à peine repris, il revient à la charge. Excédés, les malandrins l'égorgent, le laissent pour mort. Quand il réapparaît, en revenant, il sème l'épouvante chez ses assassins. La jeune fille écarte ses compagnons et se donne enfin à l'agonisant.

Un homme énamouré n'a rien à perdre, pas même la vie ; rien n'arrête la fougue amoureuse du mandarin, pas même le meurtre. À cette fable primitive, comme peut l'être l'instinct, le compositeur a donné des accents violents où les tonitruants contrastes de timbres et de rythmes l'emportent sur les effets mélodiques.

La chorégraphie de Martha aussi repose sur des contrastes : ombres et lumières, plans horizontaux et verticaux, l'inquiétante immobilité du mandarin opposée à la frénésie gestuelle de la fille et de ses comparses. Le spectateur est d'autant plus stupéfait de voir le vieil homme bondir à des altitudes croissantes (à chaque échelon du crescendo dramatique, on monte d'un cran dans l'espace), alors qu'on le croit de plus en plus proche de la fin.

– Jusqu'où pouvez-vous sauter ? m'a demandé Martha, quand nous avons commencé à travailler ensemble.

– Jusqu'au ciel s'il le faut, lui ai-je répondu.

Par un artifice scénographique dont on remarquera qu'il doit beaucoup à notre numéro de cirque, la chambre d'amour s'élève à chaque tentative manquée du mandarin.

À chaque fois donc, il lui faut monter plus haut et tomber de plus haut.

On m'a fait une tête de vieux sage chinois, pommettes saillantes, yeux étirés, crâne rasé. Pieds nus et sans chemise dans un pantalon noir à rayures grises, je serais irrésistible. Si jeune, si fluide, si bondissant, murmurait-on. Tu parles !

La première a été un formidable succès. Quand, à la fin, après les autres danseurs comme le veut la tradition pour le rôle-titre, je suis venu saluer, le public a manifesté son enthousiasme par un tonnerre d'applaudissements. Aussitôt le chef, Serge Zehnacker, et moi-même avons cherché Martha dans les coulisses pour la traîner sous les feux de la rampe. Elle fut ovationnée par la salle debout pendant près d'un quart d'heure. Et cela se répéta tous les soirs, nous avons donné huit représentations à guichets fermés.

28

Cynique, je dirais que ma reconversion en jeune homme se passe plutôt bien. Remarqué au stade, applaudi au cirque, fêté à l'opéra, il ne me reste que le cinéma à conquérir. Le ballet serait repris au printemps à Paris au Théâtre de la Ville, une tournée en Allemagne est envisagée pour l'automne, mais je vis au jour le jour et ces projets ne me concernent que de loin. La parenthèse chorégraphique refermée, j'ai retrouvé avec joie mes amis de Blum and Stern à Toulouse, où nous avons planté le chapiteau pour une semaine.

Marié, un enfant : j'ai fini par avouer à Nelly, sans autre précision, ma véritable situation civile. Elle est déçue, triste même, mais c'est une fille courageuse, je ne l'ai jamais vue pleurer en public.

Walter s'est montré généreux avec moi. Il m'a versé un million pour ma participation à la récupération du tableau volé (le notaire ne s'est pas manifesté, il serait bien embarrassé de devoir s'expliquer sur la présence du Delacroix chez lui). Deux mille coupures de cinq cents francs font un joli paquet de fraîche ! Mais ce n'est pas pour moi, mon salaire de clown volant me permet de vivre largement. La somme est destinée à ma femme et à ma fille.

Je sais leur courrier surveillé, mais j'ai envoyé à Dominique, la meilleure amie d'Ève, trois invitations pour le spectacle, avec un petit mot crypté pour Anne, lui demandant de venir passer le week-end à Toulouse, où vit l'une de ses tantes. Elles seront bien sûr prises en filature, mais personne ne s'étonnera de les voir aller au cirque, surtout en matinée, à la séance des enfants.

J'ai le cœur serré en les observant, derrière un rideau, s'installer dans une loge d'avant-scène. Un jeune type en jean et veste de cuir ne les lâche pas des yeux. Une de nos hôtesses leur a vendu un programme, à l'intérieur duquel j'ai glissé un mot leur demandant de me rejoindre à l'entracte dans le salon du somptueux mobile-home que Walter et Nelly ont bien voulu mettre à ma disposition.

Retrouvailles familiales, elles rient, elles pleurent. Mon numéro commence juste près la pause, je suis déjà en costume et maquillé. M'auraient-elles reconnu ? Je n'en suis pas sûr, je leur ai pourtant épargné le ridicule du nez rouge. Nous avons quinze minutes pour résumer nos vies si éloignées désormais. Anne est aussi abattue et silencieuse que moi, Ève volubile parle pour trois en nous tenant chacun par une main, comme si elle voulait conjurer l'inévitable séparation.

Anne me raconte ses tentatives dérisoires au ministère de l'Intérieur pour faire cesser cette traque. Personne ne connaît mon histoire, on la prenait pour une folle. Pire, au Val-de-Grâce, il ne reste aucune trace de mon passage. Le général de Ladrière et le colonel Yvert ont été nommés à d'autres responsabilités. Le pavillon D ? Fermé, inhabité depuis des années, en attente de réhabilitation, vous divaguez, madame. René Jouve ? Inconnu au pavillon, combien de fois faudra-t-il vous le dire ? Aucun homme de ce nom n'a jamais figuré parmi nos patients.

La face cachée du secret défense. Pour eux, je suis déjà mort, je n'ai jamais existé. Elle devine, comme moi, ce que cela signifie. Ils n'ont pas renoncé à me livrer aux chercheurs yankees, ils ne renonceront pas. Et mon désir de revoir ma femme et ma fille entraînera peut-être ma perte. Je n'en ai cure, je les enlace.

C'est une tradition chez Blum and Stern, les enfants repartent avec un paquet cadeau aux couleurs rouge et jaune du cirque, rempli de friandises, de ballons à gonfler et de menus jouets. J'ai glissé le million dans cet emballage. Elles éclatent de rire, croyant à une farce. Anne, la première, s'inquiète :

– C'est quoi, tout cet argent ?

– Je te rassure, dis-je, pas très sûr de moi. C'est de l'argent honnêtement gagné.

C'est vrai, quoi : voler un voleur n'attente pas à la loi morale, au contraire. On frappe, c'est l'heure, elles vont regagner leurs places et moi visser un bulbe écarlate sur mon nez.

J'ai failli tomber pour de bon au cours du spectacle, j'avais la tête ailleurs. Mais le rire cristallin de ma fille, que j'ai reconnu parmi tant d'autres, m'a récompensé. Quant à l'homme en veste de cuir, il a disparu.

29

Étrange soirée, je pédalais comme un fou dans la nuit sous une pluie battante, et riais comme un dératé. Il n'y avait pourtant pas de quoi. Je me retrouvais sans trop savoir comment sur la nationale 126 en direction de Castres, fugitif trempé, déboussolé, hilare, que tous les habitants du monde occupés à vieillir normalement, – enfants, adolescents, adultes et vieillards confondus –, pourchassaient et traquaient sans répit.

J'avais causé ma perte pour avoir voulu serrer sur mon cœur, une dernière fois peut-être, ma femme et ma fille. Quelques heures seulement après leur visite, au moment où commençait la représentation du soir sous un ciel menaçant, le cirque était investi. Pas d'uniformes, ils étaient en civil, calmes et organisés. Déjà habillé pour le spectacle, mais pas encore maquillé, j'étais sur le point d'entrer dans ma roulotte, quand j'ai constaté qu'elle était encerclée et qu'ils m'attendaient.

L'orage venait d'éclater. J'ai frappé à la porte d'Ildebrando, qui m'a ouvert aussitôt. Mes ennuis, il les a devinés depuis longtemps, mais n'a jamais posé aucune question, c'est un frère. Il a endossé mon costume de scène avec le nez rouge, m'a prêté des vêtements, de l'argent, je n'avais pas un sou sur moi. On s'est donné l'accolade.

À peine sorti de son mobile-home, le voilà embarqué par les gestapistes de la génétique. La méprise n'aura sans doute duré qu'un quart d'heure, assez en tout cas pour me permettre de me faufiler en ciré et casquette jaunes sous l'averse jusqu'à l'écurie, où j'ai garé mon vélo. Départ sans cérémonie, je regrette surtout de n'avoir pas pu embrasser ma belle écuyère.

Il y a soixante-dix kilomètres de Toulouse à Castres, une circulation infernale et dangereuse pour les cyclistes, un temps épouvantable, et je ne pouvais pas m'empêcher de rire à la pensée du bon tour qu'avait joué à la clique des pandores mobilisés contre lui ce misérable jeune homme de cinquante-six ans pédalant comme un forcené et fuyant l'active, inflexible bêtise de la science moderne, tandis qu'à la même heure, à six mille mètres d'altitude, dans l'Airbus qui les ramenait à Paris, le paquet cadeau sur les genoux, ma femme et ma fille, l'air rêveur, feuilletaient des magazines.

Je n'avais pas l'intention de m'éterniser à Castres. C'est un lieu où l'on perd facilement, si on n'y prend garde, une part de soi-même. J'ai trouvé une chambre dans un hôtel modeste du quartier de la gare, inventé un énième nom pour masquer mon identité, rangé ma bicyclette dans une cour arrière infestée d'une épouvantable odeur de choux moisi, allongé ma carcasse sur un drap certes propre, mais encore humide, et dormi comme une masse jusqu'au lendemain matin.

À peine réveillé, je découvris en ouvrant la fenêtre que les gendarmes patrouillaient en ville. Le flair et la sagacité de la maréchaussée m'ont toujours émerveillé. Ils contrôlaient uniquement les cyclistes, ayant appris la veille, en questionnant le personnel du cirque, que je me déplaçais à vélo. Je fis honneur à un excellent petit déjeuner et une croix sur ma bécane, réglai et montai dans le premier car en partance pour les villages environnants.

Je ne savais pas où j'allais, mais j'y allais. Je n'éprouvais aucune anxiété, gobant le paysage environnant, plutôt tourmenté et montagneux, avec la placidité d'un touriste ordinaire. J'appris que nous entrions dans le massif du Sidobre, que je ne connaissais que par les cartes de géographie devant lesquelles, enfant, je rêvais d'explorations et de conquêtes triomphales.

Un barrage routier, à l'entrée de Vabre, juste avant le pont qui enjambe à une hauteur impressionnante le lit d'une rivière, me tira de ma torpeur. C'est vrai, j'avais oublié qu'ils étaient toujours après moi. Cette fois, on employait les grands moyens. Il y avait des gendarmes et des gardes mobiles partout, l'un d'entre eux monta dans le véhicule et commença à vérifier les identités. J'étais fait comme un rat. Un grand paysan costaud s'énerva sur les poches de sa veste pour trouver ses papiers. Il ne les avait pas. On le somma de s'extraire du car, ce qu'il fit avec une mauvaise volonté évidente. Très en colère, il prit les gens à témoin – plusieurs passagers le connaissaient et étaient prêts à se porter garants –, bouscula un brigadier.

Les gardes se mirent à quatre pour tenter, en vain, de maîtriser le forcené, et je crus sincèrement que nous allions assister à l'une de ces bavures dont les forces de l'ordre, en France, sont friandes et qui donnent ensuite l'occasion à un procureur de la République de déclarer avec un bel aplomb devant les caméras de la télévision que le fuyard, d'origine généralement maghrébine, abattu d'une balle à bout portant dans le dos l'avait été par un policier en situation de légitime défense.

130

Les gens commençaient à sortir à leur tour, je fis comme eux et, d'un pas tranquille, admirant la perspective offerte par les collines avoisinantes, entrepris de traverser le pont.

Arrivé au bout, j'accélérai l'allure. On cria dans mon dos, je fis mine de n'avoir pas entendu. Bientôt, un coup de sifflet retentit. Quand je perçus le bruit des godillots martelant à un rythme accéléré le revêtement de la chaussée, je me mis à courir. Quittant la rue principale peu après la Tour de l'horloge, je me jetai dans une venelle montante qui ressemblait fort à une impasse. D'un bond, j'escaladai le portail de la dernière maison, rassurai d'un geste d'apaisement le considérable dogue que mon entrée fracassante sur son territoire avait paniqué et, traversant en trois pas l'impeccable pelouse, franchis sans mal une haie de thuyas qui séparait l'habitation d'un grand pré où, allongé dans l'herbe haute et tous mes sens aux aguets, je m'accordai un moment de repos, le temps de reprendre mon souffle.

Cinq minutes ne s'étaient pas écoulées que le bourdonnement d'un hélicoptère me remit sur les jambes.

Je cavalai vers la forêt proche tandis que l'appareil se rapprochait, bientôt je pus me soustraire à sa vue et poursuivis ma progression vers le sommet dans les sous-bois denses et touffus. Les branches me cravachaient le visage, les ronces s'accrochaient à mon pantalon, je n'en avais cure, rivé à ma course vers le haut. Je croisais parfois des chemins de terre qui eussent facilité ma progression, mais plus encore celle des gendarmes à bord de leurs véhicules tout-terrain.

Arrivé à la ligne de crête, je dévalai la pente de l'autre côté, au risque de me fouler une cheville, et atteignis rapidement un vallon verdoyant où serpentait un ruisseau que j'effaçai d'un saut. J'aurais aimé pouvoir m'attarder dans cet endroit charmant, mais trop exposé aux incursions de l'hélicoptère dont j'avais perçu à plusieurs reprises dans le voisinage la bruyante menace.

J'attaquai l'ascension d'un nouveau versant, qui me parut plus élevé que le précédent. J'avançais droit devant moi sans égard pour les obstacles, arrachant les branches qui voulaient me retenir, piétinant les ronces qui prétendaient entraver ma progression. Il me fallait mettre avant la nuit un maximum de kilomètres entre mes poursuivants et moi. La soif, j'avais pu l'étancher en buvant de l'eau d'une source, mais la faim, elle, me tenaillait.

Au sommet, une vue dégagée s'offrait. À mes pieds, une vallée encaissée au milieu de laquelle brillait l'asphalte d'une route. Partout à l'entour, un relief accidenté, sauvage, inhospitalier où les pics rocheux succédaient aux précipices, parfois masqués par d'épaisses et sombres forêts. Aucune habitation nulle part, mais la perspective de passer une nuit à la belle étoile ne m'effrayait pas. Cette fois, je descendis le long d'un sentier, c'était moins fatigant et je rejoignis la route en peu de temps.

Comme aucun véhicule ne s'annonçait, je m'y aventurai, regrettant juste d'avoir laissé ma bicyclette en ville. Mon royaume pour un vélo. Un grondement de moteurs qui se rapprochait me jeta dans les fourrés. Je vis au loin, encadrée par deux motards, une colonne de Jeeps et de blindés transports de troupes qui avançait à faible allure dans ma direction.

Tous les cent mètres, le convoi faisait halte et débarquait deux hommes. Une opération de ratissage systématique avait commencé. La chasse à l'homme prenait des proportions gigantesques, ils avaient lancé la troupe à mes trousses. J'avais du mal à croire que de tels moyens étaient mis en œuvre juste pour coincer un pauvre bougre incapable de vieillir comme tout le monde. S'il me restait le moindre doute sur la nécessité pour moi de leur échapper à tout prix, ils l'avaient dissipé à jamais.

Étendu à terre sous un monceau de végétation, j'attendis que le bruit des moteurs eût décru pour me redresser. À quelques pas de moi, précédée par une odeur d'encaustique, apparut une paire de rangers noires fraîchement cirées. Elle resta immobile jusqu'au moment où une autre paire la rejoignit et, l'une derrière l'autre, elles reprirent leur progression. Je décidai de monter dans leur sillage. Les soldats avançaient lentement, en silence. De temps à autre, le grésillement de leur talkie-walkie s'interrompait pour laisser place à d'étranges fragments de langage militaire. Si je n'avais été en cause, j'aurais pu penser que j'assistais, aux premières loges, à des manœuvres en terrain montagneux.

La pénombre gagnait peu à peu les sous-bois. Les hommes que je suivais à distance respectable rencontrèrent deux autres soldats, ils fumèrent une cigarette en causant. L'appareil à cracher des parasites leur intima l'ordre de redescendre. Ils ne se firent pas prier, c'était l'heure de la soupe. Pour eux, pas pour moi.

Je continuai l'ascension, d'abord droit devant, puis sur un chemin carrossable qui menait, comme l'indiquait un panneau que j'eus le plus grand mal à déchiffrer dans la nuit noire, à Valayrolles. Pas la moindre lumière, la maison semblait inhabitée. La lourde porte de chêne était verrouillée. Épuisé et affamé comme je l'étais, je ne me sentais pas la force de la défoncer. Pas même celle d'escalader le mur. Jusqu'au moment où le ronronnement d'un moteur se fit entendre. Une Jeep patrouillait

tous feux éteints, j'eus à peine le temps de me dissi-
muler derrière un buisson. Quand elle disparut dans
l'obscurité, je sautai et parvins à m'agripper au rebord.
En tirant sur mes bras comme un forcené, je réussis à
me hisser sur le faîte, de là à me glisser sur une terrasse et
à pénétrer à l'intérieur de la bâtisse par une fenêtre du
rez-de-chaussée dont l'un des carreaux, brisé, avait été
remplacé par du carton.

Valayrolles était un manoir en ruines, que son pro-
priétaire tentait de réhabiliter par petits bouts. Il avait
restauré le toit et rendu le rez-de-chaussée habitable.

Je ne lui en demandais pas plus. Il y avait de l'alcool
dans le bar du salon, je me servis un armagnac pour me
remonter. Erreur fatale, le temps de vider mon verre,
allongé sur le canapé, je m'étais endormi.

La faim me réveilla quelques heures plus tard. Il y
avait de nombreuses conserves dans la cuisine et quelques bouteilles. Je mis à réchauffer un bocal de cassou-
let, étalai de larges tranches de terrine de chevreuil sur
du pain grillé que j'accompagnai d'un châteauneuf-du-
pape rond et goûteux.

Il devait être minuit. Je mis mes vêtements à sécher
sur un radiateur électrique. Nu, légèrement éméché, je
fis quelques pas dans le jardin que cernait une terrasse
donnant sur le vide. En me penchant, j'aperçus – la lune
venait de sortir des nuages – un torrent qui bouillonnait
plusieurs centaines de mètres en contrebas. Tout autour,
je distinguai un paysage torturé, un enchevêtrement
géographique de plateaux et de gouffres.

Je frissonnai et rentrai me faire couler un bain. Sur le
sol carrelé, j'avisai un pèse-personne. J'hésitais à m'en
servir. À ma dernière pesée, au cirque et sans témoin,
j'accusais à peine cinquante kilos, et la balance de délirer.

La curiosité l'emporta. L'appareil indiquait dix-huit kilos ! Le miroir me renvoya l'image d'un corps robuste et musclé, c'est lui que je décidai de croire. Je me laissai glisser dans l'eau chaude. Enveloppé de douceur, gagné par une bienfaisante impression d'engourdissement, je devins lisse et léger, comme si la conjonction de l'ébriété et du danger avait le pouvoir de séparer l'âme du corps et conférait à mes sensations une acuité encore jamais éprouvée.

Bien-être de courte durée. L'aboiement d'un chien déchira le silence, puis un deuxième. La meute de mes poursuivants se rapprochait. Ils ne se cachaient plus, j'entendis gronder des moteurs, crier des ordres, un martèlement de bottes. Déjà, ils attaquaient à coups de masse la lourde porte de chêne massif. Bientôt, ils seraient dans la maison. J'ouvris l'étroite fenêtre de la salle de bains et, sans prendre la peine de me sécher, me glissai à l'extérieur. La lune avait disparu derrière un amoncellement de nuages noirs, l'orage n'allait pas tarder.

Debout sur le muret qui cernait la terrasse, nu et sans armes, j'étais résolu à me jeter dans le vide plutôt qu'à me rendre, défiant les assaillants. Les premiers d'entre eux m'aperçurent, alors qu'un énorme coup de tonnerre ébranlait le manoir dont je crus sentir craquer les fondations. Les torches électriques se braquaient sur moi.

À l'instant où je me précipitai les bras en croix, adoptant instinctivement la posture dite du saut de l'ange, un éclair m'enveloppa.

CINQUIÈME PARTIE

ALLÉGÉ JUSQU'À L'ANGE

30

Donc j'avais sauté dans le vide, frappé par la foudre que mon enveloppe charnelle – ce qui en restait –, naguère vaccinée par une expérience électrique analogue, absorba sans broncher. Je ne perçus aucune brûlure, nulle commotion, mais au contraire un allégement de tout le corps et, ô bonheur, une sensation de vol qui s'était substituée à l'horreur de la chute. Une force puissante, invisible contrariait les lois de la gravitation, ralentissait ce mouvement vers le bas, au point que parvenu au fond de l'abîme la verticale du saut s'infléchit en courbe radieuse. Le rêve de Bar-le-Duc devenait, dans le paysage tourmenté du Sidobre, réalité. Depuis que j'avais échappé aux lois de la pesanteur, il me semblait parfois que la délivrance était proche. Sans doute un effet de cette giration mentale perpétuelle qui écartait de moi toute tentation euclidienne. Mon âme n'a-t-elle pas toujours été ce derviche tourneur en lévitation qui ne cesse de s'élever en tournant doucement sur lui-même ?

Ramenant les bras le long du corps et reprenant de la vitesse, je rasai le cours du torrent et remontai vers le manoir dont je vis la terrasse occupée par un grouillement de nains casqués ou encagoulés, tous penchés au-dessus du gouffre, sur les parois duquel ils dirigeaient, vociférant et gesticulant, le jet de leurs lampes torches. Ces misérables terriens ne m'avaient pas remarqué ! Je les abandonnai à leur vitupérante petitesse et, requis par l'altitude, glissai sans effort vers les hauteurs.

La sensation que j'éprouvai avec une précision hallucinatoire inouïe, je n'ai pas de mot pour la décrire, pas plus que je ne saurais dire le plaisir ressenti à expérimenter cette faculté nouvelle et grisante de me mouvoir dans l'espace à la manière des oiseaux.

Tout à l'ivresse de ma navigation aérienne, je ne m'avisai pas sur-le-champ que ce pouvoir insensé sur l'espace dont je venais d'hériter à mon insu s'accompagnait d'une curieuse transformation de mes sensations internes. Pour être exact, je ne ressentais plus rien : ni chaud ni froid, ni faim ni soif, ni fatigue, ni désir d'aucune sorte. Je reconnus que j'avais perdu consistance, que l'allégement pathologique dont je bénéficiais à l'époque où je ne cessais de jeter du lest avait atteint son point limite.

Ce nouvel avatar m'avait-il conduit à l'état de pur esprit ? Pas tout à fait, puisque la connaissance physique de l'espace que je parcourais dans tous les sens, ce sentiment jubilatoire de circumnavigation planante et volante ne m'avait pas quitté. La vérité m'obligeait néanmoins à constater que mes poursuivants, après ma chute et mon foudroiement, ne me voyaient plus, alors que je voletais près d'eux. Avec le poids mort du corps s'était évanouie mon image même.

Je me dis qu'une métamorphose ultime était peut-être en train de s'accomplir. N'est-il pas vrai qu'une substance peut passer directement, par la sublimation, de l'état solide au gazeux ? Ainsi du devenir-ange : rajeuni, allégé, délivré du poids de la chair, dématérialisé, donc invisible, j'avais suivi, subi toutes les étapes de ma transfiguration.

Homme naquis, ange devins. Et sans être passé par le tunnel étroit de la mort, remarquez. Jamais je n'avais autant mérité mon prénom : René, je l'étais au-delà du possible. Certes, cette promotion devait flatter l'ego bien abîmé d'un ingénieur émérite, mais pouvait-on encore parler d'ego à cette altitude ? Étrange, l'être-ange qui faisait de moi un homme déchu sans doute, mais si vous saviez combien peu je regrettais mon appartenance aux humains !

Disparaître en douceur vous est interdit, n'est-il pas vrai, à vous que répugnent les humiliations de la vieillesse, la hantise du mal incurable, l'hôpital qui invalide et infantilise, l'interminable protocole de la phase terminale, les affres de l'agonie. Vous avez tous, un jour ou l'autre, rêvé de quitter ce monde sans mourir.

Je l'ai fait.

Au ciel, au ciel, au ciel, nous irons tous un jour, beugliez-vous dans vos cantiques d'église, molles ouailles à faciès de mouton, – ah, la touchante unanimité ! Eh bien moi, j'y suis, au ciel. Ne l'avais-je pas dit dans ma vie antérieure, à cette chorégraphe dont j'ai oublié le nom, que je pouvais sauter jusqu'au ciel ? Le destin cajole le cas Jouve, voyez comme je me laisse porter par un courant souverain parmi les nues, personne entre moi et le soleil, l'infini à tire-d'aile, je flatte au passage la croupe d'un cumulus, attention tout de même à éviter ce Mirage 4 qui, avec le fracas du tonnerre, foudroie l'azur d'une zébrure au rasoir.

31

Notez que je ne passe pas mon temps à voler dans les cieux. Je me pose parfois, ici et là, je rumine. Penser, prier, pleurer, éprouver l'infini, voilà l'essentiel de nos tâches. Il m'arrive aussi de faire des rencontres.

Dans une chambre inconnue, alors que sur terre dominait la nuit, je m'étendis sur un lit comme le font les humains. Je vis rougeoyer dans le noir le bout incandescent d'un cigare sur lequel s'évertuait une bouche invisible, et dont je pus sentir l'arôme caraïbe. Quand les premières lueurs de l'aube éveillèrent un semblant de clarté derrière la fenêtre au rideau tiré, je distinguai le fumeur. L'homme était jeune, barbu, visage anguleux et menton pointu, les yeux très enfoncés dans les orbites, vêtu avec recherche d'un complet gris à rayures sombres, gilet de soie assorti, chemise claire au col entrouvert, bottines noires brillantes à boucles dorées. Il me regardait en souriant, d'un air qui me sembla connu. Je ne sais comment, le point rouge dans un crépitement de braises quitta soudain le havane éteint pour venir étinceler dans l'œil gauche du personnage, lui conférant à cet instant l'apparence de ce qu'il était depuis la nuit des temps.

– Jouve, n'est-ce pas ?

Il me tendit la main, que j'ignorai. Il ajouta, avec un petit rire :

– On se connaît. Mais si, rappelez-vous Bar-le-Duc, Charles Bra, le père de l'immonde.

Que Satan eût pris l'apparence du sorcier ne m'étonnait pas. Bien sûr, dans la hiérarchie du bas, il était autrement plus élevé que moi dans celle du haut, nonobstant quoi, il n'était toujours qu'un ange déchu. Le plus gênant chez lui était qu'il semblait lire dans mes pensées.

– Mon pauvre ami, dois-je vous rappeler que vous n'en êtes qu'au dernier cercle de la troisième hiérarchie ? Les promotions sont rares, et le temps est si long là-haut !

Merci, je savais mon angélologie sur le bout des doigts et qu'avant de me retrouver parmi les chérubins et les séraphins, au premier cercle de la première hiérarchie, bien des ères allaient s'écouler.

– La pauvre Raymonde a mal fini, dis-je sans cacher mon irritation. Avec sa mère...

– Allons Jouve, ne me bassinez pas avec ces histoires de famille ! La mère, la fille, avec le temps je les confonds, et là où elles sont maintenant, avec moi, cela est sans importance. Enfin, si jamais l'ennui de votre nouvelle condition finit par vous sauter aux yeux, et cela arrivera tôt ou tard, Jouve, vous savez où me trouver.

Justement non, mais il n'était pas dans mes intentions de tenter l'expérience. La silhouette de Satan me parut s'allonger interminablement avant qu'elle ne s'évanouît. Longtemps après son départ subsista la senteur caraïbe, pas désagréable, à vrai dire.

Je croyais me souvenir que les Pères de l'Église définissaient les anges comme des substances incorporelles, plus élevées en grade que les âmes humaines. Sans doute étais-je un ange mal fini, car mon corps n'avait pas tout à fait renoncé à moi et se rappelait à ma nouvelle existence dans les moments les plus incongrus.

Ainsi, alors que je flottais dans les hauteurs de la basilique Sainte-Marie, attentif et perméable à d'exquises cantilènes de Messiaen qui s'échappaient de l'orgue, je me sentis soudain réfléchi par un vitrail que la pénombre dotait d'une vertu réverbérante. Et ce n'est pas quelque être diaphane pourvu d'ailes transparentes que j'aperçus, mais une anatomie mâle détaillée, je me voyais pourvu d'un corps de jeune homme nu, musculeux et membré, parfaitement déplacé en cette enceinte bénie et durant un concert de musique sacrée !

Je me recroquevillai dans un angle mort, à demi caché par une statue colossale de saint Christophe, dans l'espoir de me soustraire aux regards d'une assistance heureusement assez clairsemée. Un gros homme qui s'épongeait sans cesse le front me retint un instant dans le verre épais de ses lunettes et pouffa dans son mouchoir, tandis que sa voisine, noire et sèche pénitente à profil de blatte, fixait sur moi un œil horrifié.

Peut-être s'agissait-il seulement d'auditeurs qui trompaient leur ennui. Furieux, je plongeai en piqué sur ces mélomanes indignes, que mon attaque laissait de marbre. Cette façon de m'opposer un visage placide ou souriant me déconcerta. Pas autant que la réflexion d'une petite fille d'à peine dix ans :

– Maman, regarde, c'est papa !

Sa mère regarda autour d'elle d'un air embarrassé et la gourmanda :

– Tais-toi, Ève, c'est bientôt la fin.

Après tout, ce n'était peut-être qu'un rêve (oui, nous rêvons aussi). Comme les humains, dans leurs songes, se comparent aux oiseaux ou à nous et découvrent avec ravissement, en caméra subjective, l'ivresse de dominer le monde en volant, nous-mêmes cédons parfois à la douce nostalgie du corps perdu.

Une autre fois, je me livrai à l'attirance magnétique de l'océan. J'aurais pu me contenter de survoler les flots en les rasant, comme le font parfois les mouettes par jeu ou pour se rafraîchir. Oubliant mes ailes et ma condition, j'amerris en douceur et choisit de nager. Les mouvements du crawl tirés de ma mémoire étaient revenus à moi d'un coup, je me sentis un corps de nageur jeune et musclé, et m'abandonnai au rythme puissant de mes bras qui repoussaient l'onde en cadence. Quand je me retournai sur le dos, je me laissai aller, immergé les bras en croix, le bleu du ciel s'unissait au bleu de la mer, je savais que de l'enveloppement liquide allait naître une extase plus haute, que le moment de la fusion était proche.

À l'âge d'ange qui était le mien désormais, j'aurais dû écarter la tentation sensuelle de l'eau. Mais je me savais d'avance pardonné : ce bain dans l'océan n'était-il pas le baptême de l'infini ?

32

L'insistance du corps est certes un handicap dans la carrière d'un ange moyen, mais peut procurer des avantages. Ainsi, on m'a chargé de mission sur terre.

Et me voici, la canne à la main, en sandales et robe de lin, sur des routes poudreuses, dans un paysage inconnu de moi et ancien (c'est logique, mon rajeunissement a débordé ma biographie pour s'étendre à l'histoire de l'humanité). La mer n'est pas loin, dont l'haleine salée colonise l'intérieur des terres. La douceur de la température, la végétation, tantôt rare, tantôt luxuriante, le style d'architecture dans les villages et les villes que j'ai traversés m'inclinent à me situer dans une lointaine province orientale de l'empire romain, la Galilée par exemple.

Zacharie est un homme âgé, mais en pleine santé. On devine, à voir sa belle maison, sa nombreuse domesticité, qu'il a fait fortune. Ce n'est pas seulement un commerçant habile, dur à la peine, dur en affaires, c'est aussi un homme de vertu qui conseille ses voisins et participe en sage à la vie de la communauté. La seule ombre au tableau : qu'il soit privé des plaisirs simples de la paternité. Souvent, aux heures les plus chaudes, quand il se balance dans son hamac sous les oliviers, il perçoit dans sa triste rumination la plainte silencieuse des enfants qu'il n'a pas eus. Élizabeth, sa femme, n'est plus toute jeune, mais toujours désirable. Est-il trop vieux, est-elle stérile ?

J'avoue avoir été bien reçu, traité en hôte de marque. Personne dans la maisonnée ne parut surpris que ce jeune homme affable, qui venait de si loin, parlât l'araméen. Le soir, après dîner, sur la terrasse parfumée des senteurs d'asphodèle et de laurier, je m'entretins avec le maître des lieux en amenant, avec tact et comme par distraction, la conversation sur le terrain sensible de l'absence d'enfant. Zacharie eut un sourire fatigué :

– À qui le dites-vous ? C'était notre plus cher désir à tous deux. Le Seigneur n'a pas voulu bénir notre union. Je me suis incliné devant Sa volonté.

– Pardonnez-moi d'insister, dis-je, mais n'avez-vous pas renoncé un peu vite ?

– Oh, ce n'est pas faute d'avoir essayé ! Mais Élizabeth est découragée, et moi, je suis vieux maintenant.

Pendant la nuit, comme je ne parvenais pas à dormir, je descendis dans le jardin et vins à passer près de la chambre conjugale. Une brise légère soulevait les rideaux tandis que la lampe, restée allumée, projetait au plafond les ombres mêlées de mes hôtes. Notre petit aparté avait fait son œuvre. Je m'éloignai et pris place dans l'ombre sur la terrasse. Un instant plus tard, Élizabeth, juste vêtue d'une chemise de gaze, apparut en pleurs. Elle hésita, en me découvrant tapi dans l'obscurité, mais finit par s'asseoir sur mes genoux.

– Il s'est endormi comme un enfant, dit-elle. Nous n'y arriverons jamais, Gabriel.

Je ne pouvais me dérober. Et tout ange que je fusse, je n'étais pas insensible au caractère trouble de la situation. Son parfum, ses larmes, la sensation douce de sa chair moite et molle agrippée à la mienne, tout me portait à aller au-delà de ma stricte mission d'annonciation. On n'allait tout de même pas me reprocher un excès de zèle !

Le lendemain, je pris congé aux premiers rayons du soleil. Élizabeth dormait encore profondément, mais Zacharie, debout avant l'aube comme tous les jours que Dieu fait, m'accompagna un bout de chemin. Je lui annonçai la bonne nouvelle, un fils naîtrait bientôt sous son toit. Il me sourit d'un air incrédule.

– Puisque vous le dites !

– Vous verrez. Et ce garçon ne sera pas n'importe qui. Un grand prophète, on l'appellera le Précurseur. En foi de quoi vous le nommerez Jean-Baptiste.

Il hocha la tête sans conviction. Et pourtant j'avais gardé pour moi la triste fin qui attendait son rejeton : décapité dans la citadelle de Machéronte pour être resté de marbre devant Hérodiade, la belle-sœur et maîtresse d'Hérode Antipas, et Salomé, leur garce de fille. Une secte des premiers temps du christianisme, les mandéens ou Enfants de saint Jean, ferait de lui le seul vrai prophète, maigre consolation.

– Vous ne me croyez pas, n'est-ce pas. Eh bien, regardez ce bouquet de cèdres devant nous, dans quelques instants je vais disparaître derrière lui et vous verrez s'élever dans le ciel un oiseau blanc et resplendissant comme vous n'en avez jamais vu.

De loin, je fis un ultime salut de la main au négociant mécréant. Mais quand je m'envolai derrière les arbres, Zacharie, stupéfait et tremblant, avait mis genou à terre.

Ma mission ne s'arrêtait pas là. Étant sur zone, il me suffit de traverser le Jourdain, de couper par le lac de Tibériade, dont je survolai les eaux de nuit pour ne pas attirer l'attention sur ma non-personne, pour me retrouver en peu de temps à Nazareth. La bourgade était le fief de la tribu de Zabulon.

On me conduisit à la maison, simple et rustique, de Joseph, le charpentier. Rien à voir avec la demeure cossue de Zacharie, je pus vérifier une fois de plus que le négoce est d'un meilleur profit que l'artisanat. En l'absence du patron, qui travaillait sur un chantier dans un village des environs, je fus reçu par sa belle-mère, qui portait le même prénom que ma femme à l'époque où j'étais un homme. Pieuse, encore jeune, énergique, Anne veillait sur sa fille avec une sollicitude farouche. Je dis que j'avais un message à transmettre à celle-ci, de la part de quelqu'un de haut placé.

Marie était une très jeune fille d'une rare beauté. Elle respirait la joie de vivre. Qui d'elle ou de moi était l'ange, la question ne se posait pas. L'évidence virginale de son visage, la finesse de ses traits, la perfection égyptienne de son profil, la douceur de ses grands yeux étonnés en faisaient une réincarnation d'Isis. On comprenait aussi, en la voyant, comment le mariage blanc avait pu s'imposer à un homme comme Joseph, pourtant dans la force de l'âge. Vertueux et bon, il avait renoncé, dans un effort terrible sur lui-même, à la perspective de livrer cette chaste enfant à la violence, même tendre et maîtrisée, de la défloration. Quand je fus seul avec elle, je dis :

– Marie, j'ai quelque chose d'important à vous annoncer.

Sa figure naturellement insouciante prit une expression grave et concentrée.

– Je vous écoute, dit-elle en joignant les mains

– Bientôt, vous serez mère. Le garçon à qui vous donnerez le jour, vous l'appellerez Jésus. Il sera le Messie dont parlent les prophètes.

Elle baissa la tête et resta songeuse un moment. Quand elle la releva, je vis que des larmes coulaient sur ses joues. La nuit venue, Marie alla s'étendre à côté de sa mère et me céda sa chambre. Je ne parvenais pas à dormir. Je sortis pour contempler les étoiles du point de vue des terriens. Quand je revins me coucher, je trouvai la jeune fille profondément endormie dans mon lit, qui était le sien. Je m'allongeai à côté d'elle et ne tardai pas à m'aviser que Marie avait les yeux grand ouverts sur le firmament. Quel dieu aurait pu résister à son regard ? Je suppose, sans être un expert en ces questions, que c'est ainsi, par la vue, que le Ciel entra en elle pour la féconder.

Le lendemain, quand je regagnai l'autre monde, je me demandais si je n'avais pas outrepassé les limites de mon mandat. À chacun de se faire son opinion. Peut-être l'historien des religions trouvera-t-il dans ce récit matière à réflexion : sur l'effet d'annonce, sur le contenu du message, sur le sens qu'il convient de prêter à ce que les gens d'Église appellent pudiquement l'opération du Saint-Esprit.

33

Quel dieu énigmatique et rieur, habitant les régions les plus obscures de la lumière, infusa dans mon sang le poison de l'éternelle jeunesse et fixa à mes rêves ces ailes invisibles qui battent en silence parmi les légions d'anges ? Allégé jusqu'à l'âme, jusqu'à l'ange, – ange étrange qui change et qui dérange l'étroitesse de l'être-là –, je monte sans trêve ni repos, de cercle en cercle, vers la musique des sphères.

Quand j'étais homme, je me disais : quelle chose étrange que le monde ! Déjà y venir est toute une affaire. Naître est si douloureux, être si incompréhensible. Mais le quitter sans mourir, comment le peut-on – peti peta peton ?

Entre les deux mondes circulent des flux électriques et musicaux. Je connus, dans une existence antérieure dont je n'ai que trop parlé, et l'un et l'autre. La musique, je le savais de science sûre, est le seul art qui ait la vertu quasi spontanée de sécréter de l'étrange (on pourrait appeler cette faculté «l'étrangement», comme l'a fait un philosophe qui porte le nom d'une ville de l'Est), le seul art qui permette de sortir de soi pour séjourner à la fron-tière d'ici-bas.

Naguère, dans l'ultime réverbération acoustique d'un tintement de cloche qui s'estompait indéfiniment, l'ingénieur du son entendait *(so ein wunderbar Klang)* la fusion du son et du silence. Il n'y a nulle mélancolie à laisser s'épuiser le déroulement harmonique d'un son que cesse de capter l'oreille humaine. Il est au contraire infiniment réjouissant de savoir qu'il poursuit sa course dans les régions désolées de l'inaudible, rejoignant sans doute ce que les mystiques des premiers temps nommaient la musique des sphères.

Chacun, au moins une fois dans sa vie terrestre, a fait l'expérience de cette forme d'exaltation que procure la musique quand un jeu de dissonances extrêmes conduit, de façon imprévisible et par l'effet du savoir-faire d'un compositeur visionnaire, la ligne mélodique à la résolution harmonique : c'est le moment du transport où s'ouvrent les perspectives radieuses de l'autre monde. Alors oui, pour les mortels perméables à la magie sonore, un ange passe et le bonheur est de ce monde.

Voici ce que mon nouvel état m'a enseigné : l'infini n'est pas seulement le liquide amniotique où baignent quelques esprits supérieurs et génies divinatoires. L'infini est la ligne d'horizon infiniment repoussée par le battement d'ailes des anges qui s'y meuvent. Pour aller plus avant dans la connaissance, il s'agit d'ouvrir grand ses oreilles. L'infini que mes ailes frôlaient et que l'ange seul arpente serait donc la musique des sphères plongée dans la nuit des temps. Voilà, j'en suis conscient et le premier affligé, qui manque de précision, laissera l'esprit rationnel sur sa faim.

Mon voyage en Galilée, et ses conséquences sur le cours de l'histoire universelle, n'a pas contribué à accélérer mon avancement hiérarchique, inutile d'insister sur ce chapitre. Messager incertain et annonciateur douteux, je me suis vu ravaler au rang des anges musiciens, l'emploi idéal en somme pour qui a suivi mon cursus interstellaire. Mais gare à la déchéance. Le destin de *stella cadente* guette les meilleurs.

Je pleure souvent depuis que j'ai revêtu l'éblouissante livrée. Oui, les anges pleurent aussi. C'est même, imaginez un peu, leur occupation principale. Ils pleurent, non de ne plus être au monde, mais de la cécité des hommes, de leur acharnement à persévérer dans le mal, à préférer la compagnie des bêtes à la leur. Nous pleurons le malheur du monde.

Dans mes moments d'intense rumination (une autre de nos occupations), je me suis parfois demandé quel rapport existait entre la compagnie des anges, la nuit des temps et la musique des sphères.

Maintenant, je sais. Musiciens ou non, les anges pleurent en silence des larmes mélodieuses sur la dépouille de l'univers mort-né. Non, je ne sais pas, je me le demande toujours, mais j'ai tout mon temps.

TABLE

Yves MARTIN, *les Rois ambulants.*
Laurent MERCIER, *Lettres de motivation.*
MISTERIOSO, *Jazz en jeux.*
Dominique NOGUEZ, *Cadeaux de Noël.*
Thierry PAQUOT, *l'Art de la sieste.*
Daniel PERCHERON, *l'Air de Paris.*
Georges PEREC, *Perec/rinations.*
Georges PEREC, *Jeux intéressants.*
Georges PEREC, *Nouveaux Jeux intéressants.*
Christian PRIGENT, *Berlin deux temps trois mouvements.*
Anne POURRILLOU-JOURNIAC, *la Lorgnette.*
Alina REYES, *Corps de femme.*
Hugues ROYER, *Mille et Une Raisons de rompre.*
Robert SCIPION, *Mots croisés.*
Jean-Luc STEINMETZ, *les Femmes de Rimbaud.*
Pascal VERCKEN, *Sur la Nationale 7.*
Éric WAGNER, *Profession auto-stoppeur.*
Cécile WAJSBROT, *Pour la littérature.*
COLLECTIF, *les Romans et les Jours.*

LITTÉRATURE FRANÇAISE

Jacques ABEILLE, *la Clef des ombres.*
Alain BUISINE, *l'Orient voilé.*
Alain BUISINE, *Dictionnaire amoureux et savant des couleurs de Venise.*
Alain BUISINE, *Cènes et Banquets de Venise.*
Jean-Philippe DOMECQ, *le Désaccord.*
Jean-Philippe DOMECQ, *Silence d'un amour.*
Dominique DUSSIDOUR, *Histoire de Rocky R. et de Mina.*
Clotilde ESCALLE, *Pulsion.*
Max GENEVE, *le Château de Béla Bartók.*
Max GENÈVE, *Ramon.*
Max GENÈVE, *l'Ingénieur du silence.*
Hubert HADDAD, *Meurtre sur l'île des marins fidèles.*
Hubert HADDAD, *le Bleu du temps.*
Hubert HADDAD, *la Condition magique.*
Hubert HADDAD, *l'Univers.*
Roland JACCARD, *Journal d'un homme perdu.*
Stéphanie JANICOT, *les Matriochkas.*
Stéphanie JANICOT, *Des profondeurs…*

Stéphanie JANICOT, *Salam*
Pierre-Yvon LE BRAS, *Talleirant.*
Lucile LE VERRIER, *Journal d'une jeune fille Second Empire.*
Daniel PERCHERON, *Guipure et Manille.*
Jean PRÉVOST, *le Sel sur la plaie.*
Jean PRÉVOST, *la Chasse du matin.*
Jean PRÉVOST, *la Vie de Montaigne.*
Jean PRÉVOST, *Baudelaire.*
Alina REYES, *Poupée, anale nationale.*
Gemma SALEM, *Mes amis et autres ennemis.*
Claude SEIGNOLLE, *la Gueule.*
Cécile WAJSBROT, *Atlantique.*
Cécile WAJSBROT, *Mariane Klinger.*
Cécile WAJSBROT, *la Trahison.*
Cécile WAJSBROT, *Voyage à Saint-Thomas.*
Félix WOLMARK, *Mademoiselle Le Cubin.*
Dernières nouvelles de King Kong.

Collection QUATRE-BIS

Georges J. ARNAUD, *Bunker Parano.*
Violaine BÉROT, *Tout pour Titou.*
Pascal GARNIER, *l'A 26.*
Max GENÈVE, *Autopsie d'un biographe.*
Max GENÈVE, *TEA.*
Max GENÈVE, *Tigresses.*
Hugo HORST, *le Confesseur.*
Hugo HORST, *Tango chinois.*
Catherine KLEIN, *Journal de la tueuse.*
Catherine KLEIN, *l'Écorchée.*
Jean MAZARIN, *Collabo-Song.*
Emmanuel MÉNARD, *Cannibales.*
Jean-Luc PAYEN, *Nécrologies.*
Michèle ROZENFARB, *Junkie Boot.*
Jacques VALLET, *Pas touche à Desdouches.*
Jacques VALLET, *la Trace.*
Jacques VALLET, *Une coquille dans le placard.*
Collectif, *9 Morts et demi*
Collectif, *Villefranche, ville noire.*

Cet ouvrage a été composé en Plantin corps 11
par les Ateliers Graphiques de l'Ardoisière
à Bègles
Il a été reproduit et achevé d'imprimer
par l'Imprimerie Floch à Mayenne
le 9 août 2000
pour le compte des éditions Zulma
32380 Cadeilhan

Dépôt légal : août 2000
N° d'édition : 105 - N° d'impression : 49276
ISBN : 2-84304-105-8
Imprimé en France